何様ですか?

枝松 蛍

JN210763

宝島社
文庫

宝島社

目次

何様ですか？

第一章　三者三様

（世界を外部から眺める透明な観察者として存在し続ければ、やるべきことは自《おの》ずと明らかになるよ……）

1

そんなユウちゃんの声が美和《みわ》の耳に聞こえてきた。新しい学年がスタートしたその日のことである。三年生に進級し、クラス替えがあった。三年F組には美和を除いて三十九人の生徒がいる。ユウちゃんのアドバイスにしたがい、美和は一週間かけてF組の連中を観察した。最初の印象でうすうす予見できたようにそこにいるのは愚鈍な者ばかりだった。

早くも悪目立ちしているのは清野《きよの》俊《しゅん》、近藤《こんどう》、阿部《あべ》、箕輪《みのわ》の四人。それぞれ野球部、サッカー部、水泳部、バスケットボール部に所属している。要するに筋肉至上主義者。彼らは一様に地声が大きく、となりの校舎のベランダにいる誰かに向かって叫んでいるのかと思ったら机を挟んで喋《しゃべ》っていただけだったということも珍しくない。

男版の筋肉至上主義者に対して、女版の筋肉至上主義者ももちろん存在する。加藤《かとう》と成瀬《なるせ》と大場《おおば》と久我《くが》の四人がそれ。加藤はバレーボール部に、成瀬は陸上部に、大場は新体操部に、久我は卓球部にそれぞれ所属していて、地声こそ大きくはないものの尋常じゃないくらいハキハキと言葉を発する。彼女たちは例えば「へえ、髪型変えたんだ、なかなか似合ってるよ」といったささやかな感想を告げるときでさえ選手宣誓風に発語しないと気がすまないみたいで、体育館やグラウンドはおろか教室や廊下、果てはトイレにいるときでさえ、きんきんと耳障りな声を響かせている。

　浜口《はまぐち》、大島《おおしま》、福士《ふくし》の三人組は凡庸過ぎるくらい凡庸な三人組。容姿も凡庸、体形も凡庸、頭の出来も（おそらく）凡庸。人はどこまで無個性になれるかを調査するためにどこかの工場で大量生産したみたいな男子たちだ。

　無個性集団の女バージョンもまたしっかりと群れをなしていて、それが山口《やまぐち》、山本《やまもと》、高橋《たかはし》、工藤《くどう》、田中《たなか》、斎藤《さいとう》の六人。ただでさえひとりひとりが凡庸なのにいつも六人で固まっているものだから美和の観察力をもってしても時々誰が誰だかわからなくなる。彼女たちは工場で生産されたどころか、生産される手前の部品のようである。

　糸谷《いとだに》と西野《にしの》と丸井《まるい》は内面も外見もオタク。休み時間のたびに身を寄せ合うようにお互いの顔面を接近させてマンガやアニメーションやアイドルタレントの話をしつつ、ときおり不気味な笑い声を立てている。彼らの生態を観察していると「いや、オタクといっても昔のイメージとは違って最近では洗練されたスマートな人もいっぱいいますよ」という類いのありがちなオタク擁護論はたちどころに説得力を失う。

　堤《つつみ》と秋田《あきた》の二人はガリ勉コンビ。授業中に居眠りをしているところを見たことがない。いつもせわしなく数式や英単語や年表などをノートに書き込み大量のシャープペンシルの芯を消費している。実際に成績もよさそうだ。彼女たちを「秀才」や「才女」ではなく「ガリ勉」と呼ばざるを得ないのはひとえにそのあか抜けない容姿のせいだ。時代でいえば昭和、色でいえば灰色、匂いでいえばカメムシを彷彿《ほうふつ》させるような容貌。頭脳が明晰《めいせき》だから成績が良いのではなく、他に取柄がないから勉強くらいしかやることがなくて、ガツガツと勉強をした結果テストで高い点数をとっている。そういう輩《やから》だ。

飯島《いいじま》、本村《もとむら》、紀藤《きとう》は「面白いやつ」になろうと必死の三人組である。彼らは有名なコメディアンの話し方や立ち振る舞いをあからさまに模倣している。おれたちは面白いはずだという根拠のない妄想を抱きつづけた結果、本当に面白いのだと勘違いできる段階にまで達している様子だ。巷《ちまた》で流行ったギャグを脈絡もなく披露する飯島。「声色とか口調よりもまずその人のキャラクターを摑《つか》むようにしてるんだよ」とろくに似ていないモノマネのコツを得々と語る本村。会話のポイントをずらしては周囲を白けさせ、それでも何故か「やっぱりシュールな笑いって伝わりにくいね」と誇らしげに胸を張る紀藤。ただでさえ面白くないテレビ番組を劣化した形でコピーして大満足の彼らは卒業式などで無用のパフォーマンスを行ってひんしゅくを買いそうだ。

そんな自称「面白いやつ」の三人組のパフォーマンスにせっせと作り笑いをプレゼ

ントしているのが河野《こうの》と高原《たかはら》と西川《にしかわ》のトリオ。顔立ちは十人並みなのに男にモテたいという願望だけは一人前の彼女たちは、モテるためには男子のやることにいちいち大《おお》袈裟《げさ》に反応するのが吉……という方法論に辿《たど》り着いたらしい。

戸塚原《とつかはら》はいつもひとりで所在なげにしている。ただ美和とは異なり自分で選び取った孤独ではない。どのグループにも入りそびれて心ならずもひとりぼっちになってしまったという最も憐《あわ》れなパターンだ。孤独な時間を埋めるため、あるいは孤独な心情を悟られないようにするため、休み時間はいつも読書をしている。

その他に共通の趣味で結びついている男女混成のグループがふたつある。ひとつは片桐《かたぎり》と志水《しみず》と奥貫《おくぬき》と浅野《あさの》。彼らはバンドを組んでいる。海外のロックバンドに憧れ、ゴーストライターの書いたミュージシャンの自叙伝をバイブルとし、いずれは五大ドームツアーができると無謀にも信じている、といったところだろうか。とにかく日本中に十万人くらいはいそうな高校生だ。いくつになっても夢をあきらめきれず、「もうおれたち終わりなのかな」とせっかく誰かが真っ当なことを言っても、すかさず別の誰かが――例えば志水あたりが――「まだ始まってもいないじゃないか」と現実逃避的な意見を述べ、そっちの意見が即決で採用され、日の目を見ないバンド活動をだらだらとつづけた挙句人生を棒に振る、といった感じの将来が予想される。

もうひとつの男女混成グループは文芸部の四人。滝口《たきぐち》、春日部《かすかべ》、矢崎《やざき》、市川《いちかわ》。いつも教室の隅で固まってなにやらもそもそとお喋りをしている。つまり彼らは教室でもべたべたとくっつき、放課後も文芸部の部室でくっついているということになる。鍋のなかで煮立った複数の餅《もち》みたいに。彼らの最大の特徴は見た目が悪いということだ。最初にちらっと一瞥《いちべつ》して「あれっ、なんだか見た目の悪い連中だな」と不思議に思い、次にゆっくりと観察して「うわっ、やっぱり見た目が悪い」と仰天し、最後にじっくりと観察して「そんな馬鹿な」と創造主の無慈悲さに震撼《しんかん》する。そんな見た目だ。なにしろ四人とも揃《そろ》って人類に見えない。滝口は顔面の筋肉が釣り糸であらぬ方向に引っ張られたみたいになっていて、全体としてはトカゲのような造作に落ち着いている。春日部は銅板プレス機で押しつぶしたかのように顔面の凹凸が一切なく、おまけに目が小さいのでヒラメにそっくりになってしまっている。辛うじて哺乳類っぽいのは矢崎だけだが、それでもせいぜい水牛に似ているといったレベルだ。市川に至っては生物にさえ見えない。では何に見えるかというとそれは岩石だ。ただひたすら顔面がごつごつしている岩石女。トカゲ、ヒラメ、水牛、岩石。こうやって列挙するとどんな感じかわかってもらえると思う。

（だったら彼らを一括して「シュウジンたち」と呼んだらいいんじゃないかな）とユウちゃんが言った。

「シュウジン？」

美和はユウちゃんに問いかけた。

（そう、シュウジン。醜くさという刑罰を科せられた人たち。「囚人」ならぬ「醜人」さ）

そんなわけで文芸部の四人は醜人と呼ぶことに決定した。

かくの如く、三年F組の連中は例外なく愚鈍な人間ばかりで——もっとも他のクラスに目を転じても似たり寄ったりだろうけど——美和が進んで交流を持つ価値があるような人物はひとりもいない。美和はここにいる愚民たちとはしかるべく距離を置き、親密に交わらないよう努めることにした。クラスメートとのあいだに見えない境界線を引き、透明な壁を築いた。

ところがひとりだけ美和が設定した境界線を平気で踏み越えて懐のなかに飛び込んで来たがる女がいた。倉持《くらもち》である。倉持穂乃果《ほのか》。

倉持穂乃果はこの世で最も唾棄すべき種類の人間だ。彼女は悪い意味で元気で、悪い意味で積極的で、悪い意味で性格が明るく、悪い意味で社交的で、悪い意味で正義感が強く、悪い意味で人情味に溢《あふ》れ、悪い意味で交友関係が広く、悪い意味で博愛主義的であり、悪い意味で勉強熱心だった。衆愚の民にとってはそんな倉持穂乃果が魅力的に思えるのか、彼女は妙に人望がある。倉持はどのグループにも自由に出入りし、どのグループに対しても平等に金粉のような笑顔を振りまいている。醜人たちに対してさえも偏見を持っていない。

「せっかく同じクラスになったんだからさ。みんなと仲良くならなきゃもったいないでしょ……」

倉持穂乃果は本気でそう主張していた。それは美和にとっては驚きのあまり顎が外れそうになるくらいの珍説だった。

「……だから平林《ひらばやし》さんも、もっと他の人に心を開いたほうがいいよ」と余計な世話まで焼いてくる。嬉々《きき》として生徒会活動に従事しそうなタイプの女で、案の定そうしている。放送部と生徒会活動を両立させているのだ。おまけに学級委員まで務めている。ご苦労さま。

そんな倉持穂乃果といつも一緒にいるのが遠藤安子《えんどうやすこ》だ。付きまとっているとさえいってよい。遠藤安子自身にはなんの取柄もない。だから人気者（ということに一応なっている）倉持穂乃果と仲良くすることで己の価値を高めようとしていた。遠藤安子は倉持穂乃果の親友のつもりなのかもしれないが、傍《はた》から見ていると明らかに倉持穂乃果にへばりついているだけの虎の威を借る狐《きつね》であり（ただし狐ほど可愛《かわい》くはない）、コバンザメであり（ただしコバンザメほども可愛くはない）、金魚の糞《ふん》であり（これはそのまんま）、要するにその全部だ。

ゴールデンウィークが明けると倉持穂乃果が遠藤安子を伴って美和に話しかけてくるようになった。美和はそっけなく「ん？」と生返事をするのが習慣になった。

「平林さん、一緒にお弁当食べない？」

「ん？」

「平林さんて、部活には入ってないんだよね」

「ん？」

「平林さん、塾とかには通ってるの」

「ん？」

「平林さんて、どんな男の子が好きなの」

「ん？」

「平林さん、どんな音楽を聴くの」

「ん？」

美和は倉持穂乃果の不快な点を指折り数えた。仲間と弁当を食べるのは楽しいという前提に立っているのが不快（食事は一人で取るほうがよっぽど落ち着く）。部活動をしていないのは侘《わび》しいと決めつけているのが不快（運動部であれ文化部であれ、およそ部活動などというものは自己満足の極みで、やっている本人が思っているほどの価値など露《つゆ》ほどもない）。塾に通っているかどうかとかプライベートな質問をしてくるのが不快（クラスメートとはいっても所詮は赤の他人だということがまるでわかっていない）。異性の話題を振ってくる下品さが不快（この年代の女子は誰でも異性に興味があって、そっち方面の話さえしていれば盛り上がれると思い込んでいるようだけど美和は男子には嫌悪しか感じない）。音楽の趣味を詮索してくるのが不快（音楽は単独で静かに聴くもの。他人と何かを分かち合うために聴くわけではない）。そもそも生きていることの素晴らしさを無条件に肯定している能天気さが不快。

倉持穂乃果らは美和を牧歌的な仲良しクラブに誘い込もうとしているのだろう……と思った。こんにちの平和が無条件で明日も続くはずだと楽観している凡俗の世界に。

漠然とではあるけれど、なにをすべきかが明らかになったような気がした。美和がなすべきこと。それはこれまで誰も成し遂げたことがない何か。犯罪史の一ページに刻印されるであろう何かだ。もちろん具体的な計画はこれから詰めていかなければならない。惨劇のシナリオを慎重に練り上げなければならない。容易な作業でないのは自覚している。しかし美和ならどんな困難も乗り越えられるはずだ。完璧な計画を作り上げ、無慈悲に遂行する。

遠くからユウちゃんの声が降りてきた。（その計画をファイナルプランと名づけ、遅くとも今年の秋には完結させるべきだ）

「わかった」

（どうして冬まで待てないのかはわかるよね）

「もちろん」

2

親愛なる兄へ

やあ兄さん、お元気ですか？　ぼくは通常通り元気です。それどころか妙に気分が高揚《こうよう》しています。化学と物理の単位が大ピンチだったのですが追試を受けてギリギリ留年せずに済みました。公式を丸暗記するという邪道な方法でなんとか。ぼくは毒殺魔になるつもりもなければ爆弾魔になるつもりもないので化学や物理の本質を理解する必要はないのです。とりあえず単位さえ頂ければいいわけですね。ちなみに毒殺魔云々は化学の三好《みよし》先生の言葉です。ここでひとつ三好先生の言葉を引用しておきましょう。

「なあ、きみたち。本気で理科を得意科目にしたかったら自分が国家の転覆を図るテロリストになったと仮定してみるといいよ」

たしかにどうやったら国会議事堂を爆破できるかなどと真剣にシミュレーションを

したら見る見るうちに薬品の知識が身につきそうですね。なかなか面白い人です、三好先生は。三年ほど前までは製薬会社に勤めていたけれど脱サラして教師になったという変わりダネです。

さて、そういうわけでぼくはなんとか三年生に進級できました。三年F組です。親しい友人ができたというわけではないけど、まあ新年度のスタートは順調です。

ところでぼくはクラス替え早々、クラスの連中を観察してみたんだけど、事情通の兄さんがいつか教えてくれたようにクラス編成というのはありとあらゆる要素を考慮してバランスよく行われているみたいですね。性格、成績、家庭環境、それから容姿。そういえば、陰気なやつばかりのクラスはないし、やんちゃなやつばかりのクラスもない。馬鹿ばっかりのクラスもなければ秀才だけが一堂に会しているようなクラスもない。父親同志が工務店の社長と社員という関係にある箕輪と上原《うえはら》は本人たちはとても仲が良く、徒党を組んで悪さをするわけでもないのに、またしても別々のクラスに分けられてしまっていました。親同志に主従の関係があると、子供同士は異なるクラスに編成されるんですね。

ぼくはかねがね「美人の偏在現象」あるいは「ブスの偏在現象」が発生しないのを不思議に思っていました。小学校の頃から高校のいまに至るまでクラスにひとりかふたり美形の子がいる半面、三人ほど醜女《しこめ》がいました。あれは決して偶然ではなかったのですね。ビジュアル面でもバランスが取れるように学校側は色々と配慮している。たいしたものです。

三年F組にもふたりの醜女とふたりの美女がいます。ふたりの醜女は矢崎元子《もとこ》と市川静香《しずか》。ふたりとも文芸部です。いかにも、本当にいかにも文芸部員という感じの顔をしています。こう言えば写真なんかなくても矢崎と市川がどんな顔をしているかおよその見当がつくのではないでしょうか。

醜女のことを話題にしてもしょうがないので美女のことを書きましょう。慎重な熟慮の末に三年F組に配属されてきたのであろうふたりの美女の名前は倉持穂乃果と平林美和。通常の視力と審美眼があればパッと見ただけでこの二人の容姿が飛び抜けているのがわかります。「マドンナ的な存在」という言葉はもはや死語だけど、ひと昔前ならそんなふうに形容されていたかもしれません。

ツートップ的に美しい倉持と平林ですけど性格は真逆です。「真逆」というのが俗っぽ過ぎるとすれば「正反対」。倉持は一点の曇りもない明るい性格で男女を問わず人気があります。男子のあいだで人気があるのはいざ知らず、女子からも人望があるのはひとえにその屈託のない性格のためでしょう。それに対して平林は社交性は一切なし。周囲に壁を築いて無表情に佇《たたず》んでいます。いつ見ても生理の真っ最中みたいな不機嫌な顔をしています。どす黒い宿命を背負っているかのような影のある目つきでぼんやりと視線を斜めに落としているのです。休み時間も放課後もいつもひとり。彼女が怜悧《れいり》な表情の奥で何を考えているのかぼくにはさっぱりわかりません。どこまでもミステリアスです。

平林と倉持の二人のうち、ぼくの好みはといえば圧倒的に平林です。もっとも平林が放つ独特の冷たいオーラに惹《ひ》かれているわけではありません。平林のいいところ。それは髪形と体形につきます。ショートカットで細身の体つき。木の枝みたいに引き締まったふくらはぎと足首の細さが素晴らしいのです。なんとか彼女とお近づきになる方法はないものかと模索しています。

追伸

平林はいつもひっそりと本を読んでいることが多いのですが、今日の休み時間に読んでいたのはことさら不思議な本でした。ハードカバーの裏表紙に錬成館《れんせいかん》のバーコードが貼り付けられていたので学校の図書室にある本なのは確かです。題名は『A・A同盟』。著者名は不明。法律事務所に置いてある判例集みたいな真っ黒い表紙の本です。平林がページをめくっているところをチラッと見るとちゃんと日本語の文章が書いてありました。鉛筆書きのような挿絵も少々。どんな内容かはわからないけれど雰囲気的には『ユゴーの不思議な発明』みたいな感じです。平林と話すきっかけをつくるためにぼくも今度その本を読んでみようと思います。

3

みなさん、はじめまして。私立錬成館高等学校三年F組、倉持穂乃果と申します。ささやかな悩みがないわけではないけれどいつも元気一杯、勉強に、生徒会活動にと、（そしてもちろんお友だちとのお喋りにと）充実した毎日を過ごしている花の女子高校生です。

さてみなさん。私事で恐縮ですが、わたくし倉持は本日よりブログを開設することにいたしました。方向音痴であると同時に機械音痴でもある倉持ですが、インターネット全盛の昨今、倉持も時流に乗り遅れるわけにはゆきますまい。ということでこの手のことが大得意な兄のアドバイスにしたがってなんとか本日、ブログデビューと相成ったわけです――といった舌の根も乾かぬうちに。

「時流に乗り遅れないように」と申し上げましたが実は逆です。

みなさんは慌ただしい日々のなかでいつの間にか大切な何かを見失ってしまうんじゃないか、やるべきことをないがしろにしているんじゃないか、その半面として余計なことばかりに気をとられているんじゃないか、知らないあいだに誰かを傷つけてしまっているんじゃないか、などと考えて怖くなることはないですか。倉持はあります。慌ただしい時の流れのなかにあっても、しっかりと自分の足元を見つめていたい。そのためにこのブログを始めたというのが本音です。

「素直でいなさい。正直でいなさい。ありのままの自分でいなさい。自分を着飾って結べるのは偽りの人間関係だけだから」

六年前に他界した祖母が残してくれた至言です。倉持は自分に対しても他人に対しても常に正直でありたいと思うし、このブログでもありのままの倉持の日常を綴《つづ》っていく所存ですのでよろしくお願いします。

それからもうひとつ。倉持は本が大好きなので読んだ本の感想なども随時アップしていくつもりです。本を読んで感動すると、その感動を誰かと共有したくなりますよねえ？　でも口頭で伝えようとすると前のめりになり過ぎて「この本、凄《すご》いよ！　絶対読んだほうがいいよ！」などと単純なフレーズしか出てきません。でもブログを書いて文章の形で感想を述べれば口頭で力説するよりもちゃんと読んだ本の素晴らしさを伝えられるだろうと自分自身に期待しています。

というわけで早速、最近読んだ本の感想を綴りたいと思います。記念すべき一冊目には星村《ほしむら》しおり先生の『虹色の選択』を選びました。何を隠そう倉持は星村先生の大、大、大ファンなのです。先生の三冊目の長編小説『センシティブ』を読んでそのあまりの切なさに号泣して以来、先生のご著書はエッセイも含めて完読しています。そしてこれはちょっと自慢なのですが、なんと星村先生はわが錬成館高校のＯＧなのです。最初はそんなこととは知らずに先生のファンになったんですけどね。つい先日女性誌のインタビューで先生が高校時代のことを話していて「わたしがいた頃の錬成館では——」という台詞《せりふ》が出てきてビックリでした。「ええぇ！　星村先生ってこの学校のご出身だったの！」と。本当に嬉しい驚きでした。ちなみに先生はインタビューやサイン会や講演会の依頼はどれだけ忙しくても——売れっ子の先生ですからとてもお忙しいとお察ししますが——いっさい断らないそうです。サイン会や講演会は読者とダイレクトに繋《つな》がれる絶好の機会だからだそうです。読者をとても大事にしてくださる方なんですねえ、星村先生って。足を運べる書店でサイン会があればぜひ倉持も伺ってみたいです。

前置きがいささか長くなりましたがいよいよ「虹色の選択」の感想をば。

「虹色の選択」は星村先生の記念すべきデビュー作です。そしてデビュー作にしてすでに星村先生の溢れる才能がまばゆいばかりの輝きを放っています。みずみずしい文体。繊細な心理描写。人間への温かいまなざし。星村作品のエッセンスがぎゅっと詰まった宝石箱のような小説です。

主人公は白石《しらいし》ナズナさんという女の子。彼女には達樹《たつき》くんと修二《しゅうじ》くんという二人の幼なじみがいます。幼い頃の三人はただの友だち。男勝りのナズナさんは達樹くんと修二くんと一緒に昆虫採集をしたり缶蹴りをしたりして元気に遊びます。ところが思春期に差しかかると三人の心理や距離感が微妙に異なってきます。お互いを異性として意識するようになるんですね。三角関係の発生です。

倉持がこの作品を素晴らしいなあと思うのは主人公たちが異性を意識する時期と、社会の矛盾に気づく時期が同時であるところですね。性への目覚めと社会への目覚めが並行的に描かれているんです。達樹くんのお父さんは大手自動車メーカー勤務。修二くんのお父さんはその自動車メーカーの孫請け会社の工員です。ナズナさんは母子家庭で母親はパート労働者。親の社会的な地位を理解するようになって三人は屈託のないお友だちでいられなくなる。恵まれた環境にいる達樹くんへの反発と憧憬。似たような環境にいる修二くんへの共感と嫌悪。ナズナさんは相反する感情に引き裂かれそうになります。一方、修二くんの父親が労災で大けがを負ったことをきっかけとして達樹くんと修二くんの友情にもヒビが入ります。ナズナさんは達樹くんと修二くんのどっちを選ぶのか？　どっちも選ばないのか？　幼なじみの三人の仲は修復されるのか？　激しい通り雨が降ったある夏の夕方、西の空にかかる虹を眺めながら固めたナズナさんの決意とは——。

というわけで結末はみなさんが読んで確かめてくださいね。

倉持的には恋と愛の違いが作品の裏テーマになっているのかなあ、なんて考えながら読んでいました。ネタバレになるので詳しくは書けませんが、感覚が異なる男の子に抱くのが恋心、感覚が共通している男の子に抱くのが愛情……みたいな。でも倉持の未熟な読解力に基づく感想なので的を射ているかどうかはわかりません。もう一回読み返してみようかな。うん、読み返そう。

というわけで倉持の初ブログはこの辺で。これからも末永くよろしくお願いします。

第二章　新体制

4

倉持穂乃果ら——つまり倉持穂乃果とその家来の遠藤安子——が二日とおかず「今度どこかに遊びに行こうよ」、「よかったら家にこない?」などと誘ってくる意図は容易に推測できた。救世主気取りなのだ。倉持穂乃果の心根に美和は心底うんざりする。もし内申書の点数を稼ごうとか、好感度を上げようとか、感謝されようとか思っているのだとしたらまだマシだ(それでも相当に酷いが)。倉持穂乃果にはそういう魂胆はない。少しはあるのかもしれないけれどあまりない。倉持穂乃果はクラスに馴染《なじ》めていない美和に同情して本気で「何とかしてあげよう」と思っている。思うだけでなく行動に移している。美和はクラスに馴染めていないのではなく自らの意思で馴染んでいないだけだということが丸っきりわかっていない。同情されたことに腹を立てているわけではない。間抜けと同義ともいえる倉持穂乃果の底抜けの明るさにただただ苛《いら》立《だ》っているだけだ。

(どうやらその子は自分の善意を疑った経験がないらしいね)とユウちゃんは言う。

(経験がないのなら経験させてあげればいいんじゃないかな)とも。

六月のはじめに倉持穂乃果の家に行った。根負けしたわけでもないし、仏心を起こしたわけでもない。まして倉持穂乃果と友だちになりたいわけでもない。どのような環境で育ったらあのような能天気なポジティブ人間が生まれるのか。その辺りの事情を探ってみたいという純粋な知的好奇心が美和の背中を押しただけだ。

倉持穂乃果は経堂《きょうどう》の一軒家に住んでいた。出窓に白いレースのカーテンがかかっているのは悪い意味でイメージどおり。倉持穂乃果の母親が押し付けがましい笑顔で出迎えてきたのも悪い意味でイメージどおり。倉持穂乃果が母親のことを「ママ」と呼んでいるのも悪い意味でイメージどおりだった。本当にこの女はことごとく期待を裏切らない。

「ママ。こちら、同じクラスの平林さん」

「あら、いらっしゃい」

「お邪魔します」美和は儀礼的に頭を下げた。

「娘がいつもお世話になってます」

「どうも」

「安子ちゃんも元気？」倉持穂乃果の母は遠藤安子の顔を覗《のぞ》きこんだ。瞳を意図的にクリクリさせている。

「元気です」

「まあよかった。風邪《かぜ》をひいて学校を休んでいるっていうからおばさん、心配してたのよ」

「すみません、すっかりこのとおりです」

遠藤安子は二の腕の筋肉を盛り上げるポーズを取った。

それにしても倉持穂乃果は一体どこまで学校での出来事を母親に喋っているのだろう。小学一年生のように「あのね、あのね」と学校で起こったことを逐一母親に報告している倉持穂乃果の様子を想像する。なんともおぞましい風景だ。

倉持穂乃果の部屋は白を基調にしていた。壁の色も白、一階の出窓と同様にカーテンも白、ベッドカバーも白。さらにこれもやはりというべきか、馬鹿でかいくまのぬいぐるみが三体、白いチェストの上に雁首《がんくび》を揃えている。そう言えばさっきの母親は平日の主婦の部屋着とはとても思えないようなフワフワした白いワンピースを着ていたなと心の中でため息をついていると、その母親が軽く部屋のドアをノックして入ってきた。

「はい、どうぞ」と紅茶とドーナツを置いていった母親をちらっと観察すると、初見のときは気づかなかった幾つかの特徴を把握できた。化粧っけがないように見えたけど、うっすらとファンデーションは塗っている。それでも肌のくたびれ具合は隠しようがない。迫りくるような笑顔でごまかしているだけだ。二の腕と首筋は細くもなく太くもなくといった感じだけどウエストにはぽっこりと肉がついている。たとえふんわりとしたワンピースを着ていてもウエスト回りの丸みを誤魔化し切れていない。透明感のあるマダム風というのがセルフイメージなのだろうが近くでじっくりと見ればただのおばさんであることに変わりはない。年齢は残酷だ。こうなる前にこの世を去るべきだとあらためて美和は思った。この家に来た甲斐《かい》がひとつはあったというわけだ。

「これママの手作りだから遠慮なく食べてね」

倉持穂乃果は皿からドーナツをひとつつまんだ。スカートからはみ出ている倉持穂乃果の太ももを眺める。明らかに美和よりも一回り太い。いや二回りか、三回りか。笑いたくなるような差である。倉持穂乃果が太いというより美和の脚が極端に細いのだけど。

美和は遠慮なくドーナツを食べた。ここのところ本格化させていた食事制限は一時解除だ。もともとの体つきがはるかに細身にできているのを倉持穂乃果に見せつけてやろう。ダイエットなどしなくても華奢《きゃしゃ》な人間は華奢なのだと思い知らせてやろう。

「どう、美味しいでしょ」

「まあね」

「わたしなんかこのドーナツが楽しみで穂乃果の家に来ているようなものよ」と遠藤安子が言った。

「わたしとのお喋りよりドーナツが優先なんだ」倉持穂乃果が頰を膨らませた。

「そう。穂乃果よりドーナツ」

「ひっど～い」

一体なんなのだろう。この薄ら寒い馴れ合いのやり取りは。「ひっど～い」などという台詞は漫画の吹き出しにしか存在しないものだと思っていたけれど、現実にそんな言葉を口にする高校生がいるのだ。頭がクラクラしてきた。

「美和はさ——あっ、美和でいいよね。家に遊びに来る仲になっているのに『平林さん』なんていうのは堅苦しいし、変でしょ」と倉持穂乃果は言った。

全然、変ではない。

「仲良きことは美しき哉《かな》」と遠藤安子が言った。

「いいよね、美和で」と倉持穂乃果。

面倒くさいのでとりあえずうなずいておく。

「それで美和は付き合っている人とかいるの」

質問の内容もさることながら日本語の使い方にも苛立った。「付き合っている人とかいるの」の「とか」の二文字は余計だ。付き合っている人はいるの、と訊《き》くべきだ。とはいえ言葉のセンスがない者にいちいち細かい指摘をしてもしょうがない。

「いない」と短く答えた。

「どうして。なんかもったいないよ。そんなに可愛いのに」と倉持穂乃果は真顔で言った。そんなことはわかっていると美和は思った。と同時にこの女も自分に自信があるのだなと思った。たしかに倉持穂乃果の顔は悪くない。でも脚は太い。

「もしかして男嫌いとか」

「まあね」とだけ言った。男を嫌悪する理由をいちいちここで説明する必要はない。

「穂乃果は清野とどうなってるの」と遠藤安子が会話に割り込んできた。

もし仮に美和と倉持穂乃果が仲良くなったら遠藤安子の立場が微妙になるのは明白だ。女の子の三人組が形成され、そのうちのひとりだけが一段も二段も容姿のレベルが落ちるというのはさぞかし辛いにちがいない。そしてふと考える。この遠藤安子という鈍重な女は自分が倉持穂乃果の引き立て役になっているという自覚がないのだろうか、と。

「う～ん。清野くんとはね、どうもなってないよ。そのうちどうにかなるかもしれないけど」

倉持穂乃果はそう言って笑った。

「いやいや。穂乃果がその気になればいますぐにでもなんとかなるよ」遠藤は声を張り上げた。「だって清野っていかにも穂乃果に好意があるっぽいもん。はっきりと気持ちを表さないのは両想いになる前のドキドキを楽しんでいるからだよ」

「わたしのことより安子のほうこそどうなのよ。酒井《さかい》くんに告白するつもりはないの」

酒井くんというのはおそらく酒井大成《たいせい》というA組の男子だろう。端正な顔立ちをした長身の男――だったような記憶がある。

「ないない」遠藤安子はどこかのオカマみたいに両手を前にかざしてぐるぐる回した。「わたしなんて告白しても絶対無理だよ」

「そんなことないよ」と倉持穂乃果は言った。美和は「そんなことあるよ」と言いたい気分だったが黙っていた。

実に奇妙なシチュエーションだ。

遠藤安子が酒井に想いを寄せるのは、まあありがちなことだといえる。遠藤安子のような平均以下の容姿の女に限ってハンサムな男を求める。自らが抱える欠落を埋めようとするのだ。都会的な雰囲気とはほど遠い地方出身者が都内のホテルのバーでトム・コリンズを飲みたがったり、シャイで物静かな影のある文学青年というイメージとはかけ離れたずんぐりむっくりの中年男が退廃的なアーティストに憧れてマリファナを吸引したがったりするようなものだ。遠藤安子に望みはないだろう。酒井が遠藤安子を相手にするとは思えない。倉持穂乃果もそれはわかっているはずだ。それにもかかわらず「そんなことないよ」などと心にもないことを言っている。美和は「そんなことあるよ。あんたじゃ無理だよ」と思っているけれど口にしていない。そして

「わたしなんか無理だよ」と謙遜している遠藤安子本人だけが実は大いに見込みがあるはずだと内心では思っている。

（すごい茶番だね）とユウちゃんが苦笑する。

「酒井くんに告白するならわたしたちも協力するよ。ねえ」倉持穂乃果が美和に向かって言った。

わたしたち？　この女はたしかにいま「わたしたち」と言った。どうやら倉持穂乃果のいう「わたしたち」には美和も含まれているらしい。いつの間にそのような不穏な共同体が樹立されてしまったのだろう。美和がまばたきをした隙に革命でも起きたのだろうか。

「ねえ」と倉持穂乃果が念を押してきた。

「まあね。でも告白って自分の責任でやったほうが良くない？」と美和は言った。「男子だって女子に徒党を組まれるよりも正々堂々と単独で告白されたほうが嬉《うれ》しいんじゃないかしら」

「やっぱり美和は格好いいよね」遠藤安子は感心したように大きくうなずいた。「なんか、ちゃんとしたポリシーがあるっていうか、一本筋が通っているっていうか。もし美和が男の子だったらわたし、酒井っちじゃなくて美和を好きになっていたかも」

無意味な仮定からの無意味な演繹《えんえき》。頭の悪い女はよくこの種の喩《たと》え話をする。もしあなたが男ならわたし惚《ほ》れちゃうな、と。

「もう、安子は気が多いんだから」倉持穂乃果が呆《あき》れ顔になる。「ねえ聞いてよ、美和。安子ったらね、いまは酒井くんが好きって言ってるけど、半年前までは沢田《さわだ》先輩に夢中だったんだから」

「たしかに沢田先輩に夢中な時期もあったけどさ。もう卒業しちゃったし。第一、沢田先輩には彼女がいたし」

鳥肌が立った。「夢中」という言葉を聞いて。趣味に没頭しているさまを「夢中」というのは自然だ。しかし特定の異性に入れ込んでいることを「夢中」と表現するのは最も気持ちの悪い言葉の使い方のうちのひとつだ。年がら年中恋愛小説ばかり書いている色呆《いろぼ》け女作家の文章には出てきそうだが。「あの頃わたしは彼に夢中だった――」みたいな。その文章は例えばこんな風につづくだろう。「彼には妻子がいたけれどそんなことは関係なかった。わたしたちは目には見えない奔流に飲みこまれるように運命的な恋に堕ち、過去も未来もない刹那《せつな》的な時間のなかで、お互いを激しく求め合った」。あるいは溢れ出るナルシシズムを抑えきれず、妙に気取った倒置法を使用して以下のように綴るかもしれない。「彼には妻子がいたけれどそんなことは関係なかった。わたしたちはお互いを激しく求め合った。目には見えない奔流に飲みこまれるように運命的な恋に、堕ち。過去も未来もない、刹那的な時間の、なかで」

胸焼けがしてきたので紅茶を一口飲んだ。高級そうなカップやソーサーに比べて肝心の茶葉が安物だからなのか、淹《い》れ方が下手なのか、泥水のような味しかしない。

美和は書棚に目をやった。クリーム色の書棚。かなりの冊数の本がある。そのほとんどがいわゆる流行作家と呼ばれる作家の作品だ。これもまた想定したとおり。倉持穂乃果はいかにも時流に流されやすそうな性格をしている。

「美和は本とか、けっこう読むの？　読みそうだよね」

美和が書棚を眺めていることに気づいた倉持穂乃果が訊いてきた。「本とか――」。またしても「とか」だ。

「読まない人間はいないでしょ」と美和は答えた。

「どういう本が好きなの」

「ノンフィクション」

「へえ。小説とかはあんまり読まないの？」

「ノンフィクション以上の凄味があるとは思えないから」

「でもわたしは好きだな、フィクションも。現実にはない綺麗《きれい》な世界がそこにはあるっていうか」と遠藤安子は言った。その外見ならフィクションの世界に逃げ込みたくもなるだろう。

「でも美和も小説を読んでるよね。休み時間にも授業中にも。なんか黒い表紙のやつ」

「あれだけは面白いから」

「図書室にある謎の本だ。あの本って作者名がないんだよね。誰が書いたんだろ」

「さあ。わたしは作者名で本を読むようなことはしないから」

美和はそう言ってまた書棚に目を向けた。六段組みの書棚の一番下にだけノンフィクションの作品がある。そしてそのなかの何冊かは見慣れた書物や写真集だった。倉持穂乃果と共有する部分があるのが意外でもあり不快でもあった。

「これ、たまに見るんだ」にわかに真剣な表情になった倉持穂乃果はそこにあった写真集を引っ張りだしてきた。

上半身が裸の、縮れ毛の少年が表紙に写っている。「橋本圭太《はしもとけいた》・写真集」というシンプルな題名。この写真集は知っている。橋本圭太の戦場写真は一時期美和の大好物だったからだ。スクラップのように積み重なった死体、顔じゅう血だらけの兵士、四肢のどれかを失った子供たち。もうだいぶ飽きてきたのだけどまだそれなりに楽しめなくもない。

「わたしがおりにふれてこういう写真集を眺めるのはね」と倉持穂乃果は言った。「わたしたちが当たり前だと思っていることが当たり前じゃないと実感できるからなの。当たり前のようにご飯が食べられて、当たり前のように学校に行けて、当たり前のように温かい布団で寝られることのありがたさを実感すると、毎日一生懸命生きていかなきゃなって思う」

　唐突に「青年の主張」がはじまった模様だ。

「穂乃果は報道記者になりたいんだよね」と遠藤が言った。

「うん。自分が平和な環境にいるのはラッキーだけど世界にはやっぱり紛争とか貧困とかあるわけだし。あり得ない夢想かもしれないけどそういうのをゼロにしたいんだよね」

「ゼロ？」

「そのために日本人としてできるのは事実を伝えることじゃないかなって。ただこうやって受身的に写真集を眺めているだけじゃなくてね。日本にいてはわからない世界の厳しい現状をこの目で見てみんなに伝える。知ってもらう。考えてもらう。そうやってみんなで問題意識を共有するところから全てがはじまると思うの」

　なにが始まるというのだろう。つい書棚に目をやったのがまちがいだった。まさかそれが鬱陶しい青年の主張につながるとは夢にも思わなかった。美和はうかつにも変な地雷を踏んでしまったのだ。

　そのあともしばらく倉持穂乃果の青年の主張は続いた。美和はドーナツをつまみ適当に相槌《あいづち》を打ちつつ、その暑苦しい主張を聞き流そうと努めた。努力の甲斐があって、倉持穂乃果の声はやがて日本語としての意味を失い、ただの音声になった。冷蔵庫のモーター音のような、意味もなくそこで鳴っているだけの音声に。

気がつくと「青年の主張」は終わっていた。

「美和は将来は何になりたいの」

「地方公務員」と美和は心にもないことを答えた。

「安定志向なんだね」

「まあね」

「わたしと同じだ」と遠藤安子が言った。

遠藤安子の将来設計は、大学を出て何年か一般職の会社員として働いたあと幸せな結婚をして家庭に入るというものらしい。分相応ではある。遠藤安子にも多少は現実を認識する能力があるようだ。

「それにしても穂乃果も美和もいいよね。かわいい名前で。わたしなんか安子だよ、安子」

「ははは」

「どうして安子なんて名前を付けられたか知ってる？」

「知ってる。何度も聞いたから。だからいまさら説明は不要」

倉持穂乃果はそう言って笑いながら両手で耳をふさいだ。

「もう、またそんな意地悪を言う。くそぉ、こうなったら何度でも説明してやる。それにさ、美和はまだ知らないよね、この話」

「ん？　知らない」

知っているわけがない。

「うちの実家ってさ、メッキ工場を経営してるんだよね。経営してるといっても小さな町工場をなんとかやり繰りしているだけなんだけど。それでね、うちみたいな小さな工場にも通貨の価値の変動が影響するらしくてね」

「小さいからこそ影響を露骨にかぶるんでしょ」倉持穂乃果が言い添えた。

「うん、そう。そうなんだよね。それでわたしは詳しい経済のことはよくわからないんだけど、とにかくドルが高くなったほうがうちの工場にはありがたいんだって。ドルよ、高くな〜れ。円よ、安くな〜れ。そう強く願う父親によってわたしは安子と名づけられたわけ。遠藤安子を略したら『エンヤス』になるから。遠藤の『遠』と日本円の『円』とじゃ全然字がちがうだろうって文句のひとつも付けたくなるんだけど」

「でもそのおかげで工場もなんとか上手くいってるんだよね」

「いや、いや。そのおかげなわけがないでしょ」

遠藤安子と倉持穂乃果はゲラゲラと笑い出した。いまの話のどこに大笑いできるポイントがあるのか、美和にはさっぱりわからなかった。

「こんなこと言ってるけど」と倉橋穂乃果が言った。「安子はお父さんのことが大好きなんだよ。小さいころ家族でドライブに出かけるとするでしょ。そんなとき、家に着く寸前に安子は眠ったフリをしてたんだって。そうすると車を止めたあとお父さんが抱っこして家の中まで連れて行ってくれるから」

「ちょっと、ちょっと。そんな大昔のエピソードは蒸し返してほしくないからやめて。まあ、わたしにもお父さんに抱っこされて幸せを感じるかわいい時代があったってことよ。美和のお父さんはどんな人なの」

「とっくに死んだ」と美和は即答した。

やや間があった。

「ドーナツ、美味しい？」

「ん？　ああ、美味しいよ」

「でしょ。うちのドーナツの味を覚えたら市販のドーナツなんて食べる気がしなくなるわよ……」

「と穂乃果のお母さんはいつも自画自賛しているんだよね」

「ふふふ。そのとおり。ドーナツ作りには並々ならぬプライドを持っているから」

「いや、実際美味しいよ。お店のドーナツにはこんなカリカリの食感はないもんね」

「さて、音楽でもかけますか」

倉持穂乃果はおもむろに立ち上がった。頭の悪い女の常として話の脈絡が定まらずにあちこちに飛ぶ。倉持穂乃果が脈絡のない話をしているまさにこの瞬間にも、世界のどこかで貧しい子供たちが餓死し、無辜《むこ》の一般市民が紛争の銃弾に倒れているだろう。

「美和はどんな音楽を聴くの」

「さあ。ポップスとか」美和はおざなりに答えた。マーラーにしか興味がないなどとわざわざ表明する必要はないし、分裂病的に複数のメロディーが錯綜《さくそう》するところが素晴らしいなどと説明してもこの二人には理解不能だろう。結局、倉持穂乃果がかけたのは巷で「共感できる」と評判の「歌姫」の曲だった。その手のものしかないのだから仕方がない。

それにしてもこの部屋にいるとやたらと時間が長く感じる。あまりの苦痛で時間の感覚が狂ってくる。もう三時間くらい経過しているだろう思って時刻を確認するとまだ三十分しか経っていなかった。倉持穂乃果と遠藤安子の不毛な会話に調子を合わせて形式的な相槌を打ったり、窓の外を眺めたりしながら、美和は「じゃあそろそろ帰るわ」と言い出すタイミングを見計らっていた。

5

親愛なる兄へ

お元気ですか?

ぼくは珍しく風邪をひいて――いわゆるインフルエンザというやつです――先週は丸々学校を休んでしまいました。熱を出したのなんて三年ぶりくらいでしょうか。氷枕をおでこにのっけてベッドでウトウトしていると兄さんのことを思い出しました。三年前にこんな風に熱を出したときは兄さんはまだお墓には入っていなかったんだなあと、何だか感慨深かったです。

ぼくが休んでいるあいだに錬成館はとんでもない大変動を迎えていました。大きな事件は概してぼくがいないあいだに起きるのです。そういう星のもとに生まれているのでしょう。兄さんも大学生のときによく「飲み会でおれが帰ったあとに限って面白いことが起きる」と嘆いていたけれど、ぼくたち兄弟は揃って劇的な場面には立ち会えないという宿命を背負っているのかも。

ところで兄さんは渡瀬《わたせ》幹男《みきお》という男を知ってますか。「パース・ポポロ」という激安パスタのチェーン店を全国展開している青年実業家です。青年といっても、もう四十歳になろうかというおっさんなんだけど。近頃は朝のニュース番組にコメンテーターとして出演していたりもします。ぼくは「コメンテーター」という単語を聞くと何故か無性に可笑《おか》しくなります。それはともかくコメンテーターとしても活躍する青年実業家の渡瀬幹男が電光石火、学校法人私立錬成館高等学校を買収したというわけです。もっとも買収の話自体は水面下でずっと進んでいたみたいなんですけどね。クラスで流れている噂《うわさ》話に耳を傾けたところによると、先週の木曜日に臨時理事会が開かれて新理事と新校長が発表されたそうです。新理事長はもちろん渡瀬幹男。新校長は「パース・ポポロ」の顧問弁護士も務めている小松節夫《こまつせつお》という大学教授です。臨時総会は講堂に教職員と全校生徒が集められて行われたようです。

「学校の理事会を生徒のまえでやるのは異例です。しかし学校の主役はきみたちだ！　だから今日はあえてきみたちにも集まってもらった！」みたいなことを新理事長の渡瀬幹男は語っていたようです。「大きな夢を持ち、そこに向かって邁進《まいしん》してほしい」とも。テレビの印象からもわかるとおり、かなり熱い人みたいです。

ところでパスタのチェーン店を立ち上げた渡瀬幹男がどうして教育事業に乗り出したかというと、どうやら当初からそれが氏の人生設計だったらしいです。二十代を起業の準備に充て、三十代で会社を立ち上げ成長させ、四十代では社会貢献に身を捧げる。彼は中学生のときからそう決めていたそうです。すでにいくつかの幼稚園も傘下に収めているようですね。

渡瀬氏曰く「『パース・ポポロ』を経営してお客さまからたくさんの『ごちそうさま』を頂戴した。深夜までお子さんを預かる幼稚園を始めるとお母さんたちからたくさんの『助かりました』を頂戴した。錬成館ではみなさんからたくさんの『ありがとう』を頂戴したい」

なんだか日本語として変な気もしますが、まあいいでしょう。とにかく壮大な夢をぶち上げてそれを実行するのが好きな人なんでしょうね。ぼくには壮大な夢なんて今のところないです。当面の目標は前の手紙でも書いたように平林と昵懇《じっこん》になることです。

インフルエンザが完治したあと、例の「A・A同盟」を読みはじめました。いまのところ平林との接点を作る方法としては「A・A同盟」を読むことしか思いつかないのです。図書室にはこの本が三冊置いてあります。司書さんに「A・A同盟」の作者について訊ねてみたけど「わたしも誰が書いた本なのかはわからない」とのことでした。ページ数はそれほど多くはないのですが黒い表紙はまるでモロッコ皮みたいにしっかりしているし、厚めの紙を使用しているので手に取った感じはずっしりと重厚な感じがします。家に持って帰って読みました。学校で読むのは平林へのわざとらしいアピールのような気がして。学校では別の適当な文庫本を読み、家では「A・A同盟」を読むという風に読書の時間を振り分けています。「A・A同盟」が面白いかどうかはまだわかりません。でも平林はこの本をとても気に入っているようなのでそこは話を合わせないといけません。ぼくもこの本を気に入って自然に意気投合する感じになるのが一番の理想なんだけど。

「A・A同盟」の物語の舞台はK町という架空の町に設定されています。なんだかフランツ・カフカっぽいですね。そしてそのK町から「アンネの日記」が紛失するという事件が起きるのです。図書館からも本屋からも次々と「アンネの日記」が失われていく。一体誰が何のためにそんなことをしているのか。それがこの小説の核心です。物語が今後どう展開するのか。と同時にぼくと平林の恋物語がどう展開するのか。これからも随時兄さんに手紙でお知らせします。

6

みなさんこんにちは。倉持です。

梅雨入り間近の鬱陶しい季節ですがわたくし倉持は元気一杯に毎日を過ごしておりまする。六月の前半は激動の期間でした。とてもいい意味で。本当に刺激と喜びに満ちた二週間あまりの日々だったのです。

　まず六月五日にクラスメートの安子と美和が自宅に遊びにきてくれました。安子とは一年生のときからの大親友だし、同じ生徒会のメンバーとして苦楽を共にしたということもあってツーカーの仲というか、もうお互いのことは何でも知っているというくらいの近しい関係です。たぶん安子とは生涯の友として卒業してからもずっと付き合いが続くんだろうなあと思っています。一方、美和は三年生になって初めて同じクラスになった女の子。休み時間はいつも読書をしている知的で物静かな少女です。知的で物静か。倉持とは対照的です。一か月くらいほとんど喋る機会がなかったんだけど、この前思い切って声をかけて自宅に遊びに来るように誘ってみました。

　みなさんのなかには仲良しグループで固まって別のグループとは没交渉って方もいらっしゃるかもしれませんが、それって凄くもったいないと思うんですよね。倉持はせっかく同じクラスになったのだから――もっと言えば、せっかく縁あって同じ学校で学ぶことになったのだから――できるだけ多くの人とお話をして親しくなりたいと考えます。倉持は人間関係に関してはとっても欲張りなのです。

　そんなわけで美和を自宅に招いて安子と三人でお喋りをしたんですけど。いやあ、楽しかったですねえ。美和は一見とっつきにくい印象がありましたが、実際に喋ってみると凄く良い子で。時間を忘れてとことん盛り上がってしまいました。いつもうるさい安子と、それ以上にうるさい倉持。そこにクールな美和が加わっていい意味で化学反応が起きたっていうか、完璧な三角形が出来上がったっていうか。本当に色んなことを話しましたよ。やっぱり女子が三人集まると盛り上がりますわ。学校生活の話、趣味の話、将来の話、そしてもちろん恋の話。ふっふっふ。恋の話についてはもちろんオフレコですけどねえ。

ところで学校生活といえば、わが錬成館高校に大きな変革が起きました。みなさんは渡瀬幹男さんをご存知ですか。「パース・ポポロ」というイタリア料理のお店を一から立ち上げられて全国にチェーン展開させ大成功を収められた気鋭の経営者といえば「ああ、あの人か」と認識してもらえると思います。「パース・ポポロ」は安くて美味しい、とっても素敵なお店なのでみなさんも一度は利用したことがあるかもしれませんね。あるいは渡瀬さんは朝のニュース番組のコメンテーターも務めておられるのでそういう方面からお名前をご存知だという方もいるかもです。

実業界とメディアの世界を股にかけ、まさに八面六臂《はちめんろっぴ》の大活躍。そんな渡瀬さんがなんと、わが錬成館高校の理事長に就任されたのです！　などとビックリマークをつけなくても、すでにこれも周知の事実かも。渡瀬理事長が教育事業に乗り出されたことはそれこそテレビ出演されたおりに再三言及されていますし、教育理念を綴った本を出版されてもいますしね。倉持はまだ理事長の御本は拝読していないのですが、理事長が出演されているニュース番組はいつも欠かさず拝見していて鋭いコメントに感心させられることしきりです。だから錬成館高校の理事長と生徒という形で関わり合えるようになったのは嬉しいかぎり。感激で胸がいっぱいです。

渡瀬理事長は熱い心を持ったエネルギッシュな方で、理事長が錬成館の運営をしてくださるようになってから学校の雰囲気はガラリと変わりました。いい意味でピリッとした緊張感が生まれたんです。具体的にどんな変化が起きたのかは、おいおいこのブログでお伝えしますね。

第三章　LADY BLUE

カメラマンが校内をウロウロしていて鬱陶しい限りだ。ときにはプロデューサーらしき人物も同行している。「教育現場に情熱と夢を～渡瀬幹男の新たなるチャレンジ」などと称したドキュメンタリー番組を制作するらしい。このドキュメンタリーに限らず近頃よく渡瀬幹男をテレビで見かける。テレビ局は常にタレント以外の電波芸者を必要としている。学者、弁護士、作家、シェフ、大家族、コラムニスト、教育者、経営者。渡瀬幹男はそんな電波芸者のうちのひとりだ。嬉々としてテレビに出て押しつけがましい口調で自らの経営理念や組織論、若者の育成論などを述べている。新種の電波芸者が欲しいテレビ局と、肥大化したプライドを満足させるために自己アピールをしたい渡瀬幹男。低俗な両者の利害が一致し、渡瀬幹男とテレビ局は蜜月関係にあり、その延長で今回のドキュメンタリー番組が制作されることになったのだ。

日本経済の行く末にも学校教育の在り方にも強い危機感を抱いている（らしい）渡瀬幹男は錬成館を買収し理事長に就任した。それから懐刀として小松節夫という大学教授を校長に据えた。「わたしの実業界での経験にプラスして小松先生の学識をお借りし、長年ぬるま湯に浸かっていた名門の錬成館を徹底的に改革します。一年で変えてみせます」と渡瀬幹男は主張している。とにかく鼻息がすごい。小さなものならパタンと倒れたり吹っ飛んだりしそうだ。

小松節夫はしばしばカメラクルーを引きつれて教室にやってくる。教室のうしろに立ち、授業の様子を睥睨《へいげい》するような目つきで観察する。本人の主観としては大学教授として多忙な身でありながら渡瀬幹男の信念に共鳴し、高校の校長という慣れないポジションで学校改革に尽力する仕事人というイメージなのだろう。しかし客観的には渡瀬幹男という後ろ盾と大学教授という肩書をかさに、狭い領域で肩をいからせて威張り散らしている小役人といった趣だ。

今日の二時間目、「微分・積分」の授業を視察するために小松節夫がやってきた。「微分・積分」を担当しているのは土田《つちだ》という初老の数学教師だ。教壇に立った土田は目をショボショボさせながら話し始めた。「ええと、先日わたしの家の庭で薔薇《ばら》が咲きましてね。日本はほら、湿気が多いでしょ。だから基本的に薔薇の栽培には向かないんですね。日本で薔薇を育てようと思ったら相当な量の農薬を撒《ま》かなきゃならないんですよ。ただ例外的に農薬なしでちゃんと育つ品種がありましてですね。うちで育てているのもそういう——」

「ちょっと待て！」小松節夫が土田の話を遮った。「今の話は授業と関係あるの？」

「ああ、いえ。それはちょっとないですけど」

「学校は教師に給料を支払う債務を負う、そして教師は教科の内容を教える債務を負う。それが学校と教師の契約内容だ。教科の内容と関係のない無駄話をしているというのは重大な契約違反だ。場合によっては債務不履行による損害賠償という話にもなってくるぞ」

専門の刑事訴訟法以外の分野にはまるで疎《うと》い小松節夫による、立法全書を少し齧《かじ》ったことがある大学一年生程度の浅い法律知識を使ったチンピラの言いがかりのような恫喝《どうかつ》など軽く受け流せばいいのに、大声でがなり立てられた人のいい土田教諭は動揺を隠せないでいた。震える手で教科書を開き、その日の単元の説明を始めた。

「ええと、今日は積分の定義を勉強しましょう。ええと、積分とは微分の逆演算であり、微分については、ええと、これまで勉強してきましたよね、つまり――」

「声が小さい！　それじゃあ後ろの生徒まで届かないよ。いいか。仮にも教師を名乗るのなら生徒全員に対して最低限の債務を果たせ！」

神経質にまばたきをし、ほとんど裏返りそうになるくらい精一杯でかい声で授業をつづける土田教諭。小役人の自己顕示欲を存分に発揮した小松節夫。いい画《え》が取れたと手応えを摑んだ様子で満足げに教室から出ていくカメラクルー。全体として実にシュールレアリスティックな成り行きだったが、それはまさに現実に起きたことだった。

小松節夫も渡瀬幹男もある種のサイコパスなのだろう。サイコパスといえば映画などの影響で猟奇殺人を連想させる。小松節夫も渡瀬幹男も猟奇殺人に手を染めればたいしたものだが、残念ながら彼らのサイコパス性はちっぽけな支配欲と騒々しい怒鳴り声というしみったれた形でしか表出しない。

（この二人の劣等感の源泉を探っていくのは興味深い作業だけど）とユウちゃんが言った（でもそんな暇はないよね）

美和はうなずく。

美和は犯罪について考えるのに忙しい。

犯罪被害者の——あるいは犯罪に限らずなんらかの絶望を味わった者の——悲しみを想像するのは愉快な娯楽だ。しかし肝心の犯罪者に目を向けると落胆することばかりだ。世の中にこれだけ多くの犯罪がはびこっているにも拘らず美和がお手本にしたいと思うような魅力的な犯罪者がひとりもいないという現実にはただただ唖然《あぜん》とするばかりだ。なんのために人類の長い歴史があるのか。なんのために地球はこんなに広いのか。

そもそも、と美和は思う。犯罪者は美しくなければならない。どれだけ世間の耳目を集める犯罪を遂行しても、捕まった犯人の容姿がパッとしなければ物笑いの種になるだけだ。例えば、アドレセンスの喪失をテーマにした切なくリリカルな恋愛小説も、書いている本人が里芋みたいな顔をしたもっさりとしたおっさんだと全てが台無しになるのと同じだ。

容姿のレベルという最も大切な要素で過去の犯罪者は例外なく及第点に達していない。なかには「こいつは百点満点で三点だな」と言いたくなるほど酷い容疑者もいる。その点、美和の容貌は申し分ない。生々しさを感じさせない妖精的な美しさ。どんな犯罪を犯してもサマになるはず。

問題は、と美和は考える。いつ、どこで、どのように、誰を殺すかだ。

チャイムが鳴り授業が終わった。教室内を眺める。三年F組の能天気な愚者たちが思い思いの休み時間を過ごしている。

8

親愛なる兄へ。


お元気ですか?

今月、ぼくの私生活にちょっとした変化があったのでその件について報告しておきます。といっても、いよいよ平林に話しかけたとか告白したとかそういうエキサイティングなことではありません。それはもう少し先のことになりそうです。平林については第一印象で、可愛いけどとっつきにくい女の子だなと思ったのですがその印象は日を追うごとに強まるばかりです。平林は――ぼくを含めて――クラスメートとは親しく交わるつもりは一切ないようです。それどころか自分以外の人間をとことん見下しているような感じすらします。もっとも、そのような態度を取っているからといってぼくの平林への好意が失われるわけではありません。どれだけ生意気だろうと平林がショートカットの似合う細身の美少女だということには変わりがないし、彼女の「わたしは特別。わたし以外はみんな馬鹿」といった屈折した考えは思春期には誰にでもありがちなものだと思うからです。要するに平林はふつうの子よりも重い思春期の病を患っているだけなんですね。思春期の病には「時間の経過」という特効薬があっていずれは完治するものです。だからもう少しこのまま距離を置いて話しかけるタイミングを待ちたいと思います。

さて、私生活上の変化の件です。

ぼくは今月から「和久井《わくい》ゼミナール」という塾に通いはじめました。池袋の東口にあるこぢんまりとした塾です。なんとなく寺子屋のような趣があります。そろそろ受験勉強にも本格的に取り組まなければならない時期ですから。とりあえず私立の文系に志望を絞って勉強に励む所存です。

「和久井ゼミナール」の古文を担当する講師に塩崎《しおざき》先生という人がいて、この先生の講義がなかなか面白いです。塩崎先生は大学では心理学を専攻していたそうで、心理学的な見地から平安時代の古典を研究しているそうです。できれば大学教授になりたかったのだけど、ポストが空いていなくて結局予備校の講師として生計を立てるに至ったとのこと。文系理系を問わず大学のポストなんてそうそう都合よくみつかるものではないみたいですね。

ところで平安文学といえば「源氏物語」と「枕草子」。源氏物語といえば紫式部《むらさきしきぶ》、枕草子といえば清少納言《せいしょうなごん》ですよね。ただこの二大巨頭、性格は正反対だったようです。清少納言は陽性で社交的。よって男性からも女性からもかなりの人気を博していたようです。「枕草子」というのは幅広い社交の様子を綴った、現代でいうところのブログのようなものだということです。一方、紫式部は陰性で非社交的、知性はあるのだけど周囲の人間からは敬して遠ざけられるといった女性です。当時の宮廷の人々は社交的で華やかに振る舞うことが求められる理想の姿だったのでそれができない紫式部は相当に屈折した思いを抱いていたと推測されます。「源氏物語」はそんな紫式部の破壊衝動を満たすために執筆された「呪いの書」だというのが塩崎先生の説でした。破壊の対象となるのはもちろん主人公の光源氏《ひかるげんじ》です。充実した派手な生活を送り、常に周囲から注目を浴びている光源氏。紫式部が最も毛嫌いし軽蔑《けいべつ》しているタイプのキャラクターですね。しかし華やかな人生を歩む稀代《きたい》のプレイボーイの光源氏も最後は老いさらばえて惨《みじ》めな心境で生きざるを得なくなる。塩崎先生によると、光源氏の老いた惨めな姿こそ紫式部が本当に描きたかった「源氏物語」の主題だということです。その惨めさをより引き立たせるために延々と華やかな場面が記述される。持ち上げて、持ち上げて、持ち上げて、最後にドーンと落とす……みたいな。そのカタルシスを得るためにあれだけの膨大な量の物語を書き上げたんですね、紫式部は。世の中に対してよほど屈折した感情を抱いていないとなかなかあそこまでのエネルギーは生まれないと塩崎先生は分析していました。なにしろ当時はワープロもパソコンもなくて手書きですしね。

ここまでぼくの文章を読んだ兄さんはすでに感づいていると思うけど、ぼくとしては紫式部の姿が平林に重なるんですよね。いっぽう、清少納言の姿はクラスの人気者である倉持に重なる。両者を比べると——やっぱりぼくは断然、平林派です。

追伸

「A・A同盟」は中盤に差し掛かりました。ついにK町から「アンネの日記」が完全に消滅します。一冊残らず。本屋の店主の隙を見て、あるいは図書館の司書の目を盗み、ことごとく「アンネの日記」が持ち去られ、二度と戻っては来ないのです。多くの町民は不安に怯《おび》えます。この町に筋金入りの反ユダヤ主義者がいるのではないか？

あるいはネオナチが台頭してきているのではないか？「アンネの日記」の消滅はただの予兆に過ぎずこれからもっと恐ろしいことが起きるのではないか？

というわけでまた明日、この続きを読みます。今夜はもう遅いので寝ます。おやすみなさい。

9

みなさん、こんにちは。倉持です。

三年生になってもう二か月。ようやく最上級生としての自覚が生まれてきました。いや、生まれてきたと信じたい。二年前、倉持がまだ初々しい一年生だった頃のことを思い出すと三年生の先輩ってとてもしっかりしているように見えて、頼りがいがあるお姉さん、お兄さんという感じだったのですが、いまの一年生も倉持をそんな風に見ているのでしょうか？　現在の倉持はあの頃にイメージしていたようなちゃんとした人間には成長していなくて「おいおい大丈夫か、倉持」と自問したくなります。ただ後輩たちが倉持をどう見ているかは別として倉持から後輩を見るとやっぱりまだまだ幼いなあと思うことがあります。例えば五月から生徒会のメンバーに加わった一年生の真衣《まい》ちゃんなんかは――おっとっと。みなさんとのお約束を忘れるところでした。

今日はまず渡瀬理事長が錬成館の運営に携わってくださるようになってからのわが校の変化についてご報告しなければならないのでしたね。

第一に校歌が変わりました。いきなり具体的な変化なのですが。実は新しい校歌は渡瀬理事長自らが書き下ろしてくださったものなんです。渡瀬理事長は若かりし頃──今も十分に若々しいですが──ビーチボーイズのコピーバンドなんかをされていたそうで大変な音楽通でいらっしゃるんですね。それで錬成館の校歌も作ってくださったんです。前の校歌は大正時代に現代詩の詩人として活躍した黒田南春《くろだなんしゅん》という方が作詞した歌で倉持は情緒がある旧校歌にも愛着があったのですが、やっぱり渡瀬理事長直々の書き下ろしの現校歌のほうが好きですねえ。よりシンプルで前向きで勢いがあって。新生錬成館を象徴しているような気がします。どんな校歌か興味がある方のためにこれから倉持が歌ってみますね……ってここで倉持が歌ってもみなさんの耳に届くわけがない！　なので興味がある方は錬成館の公式ホームページをご覧になってください。楽譜と歌詞がアップされてますよお。

第二に朝のホームルームの光景が変わりました。もうそれまでのホームルームがどんなだったかを忘れてしまうくらい。現在の錬成館のホームルームではですね、みんなで「夢語録」を唱和するんです。「夢語録」というのは渡瀬理事長の理念や人生哲学が理事長ご自身の直筆で記されている200ページくらいの小冊子。理事長の熱いお言葉が躍動する「夢語録」を毎朝大声で唱和するとあら不思議、またたく間にビシッと背筋が伸び、高い集中力を持って授業に臨めます。

第三に――というか第二の点と大いに関連があるんですけど――生徒や先生の目つきが変わりました。結局、これが一番大きな変化だと思うんですよね。みんなの目がキラキラと輝いているんです。現時点からふり返るとやっぱり昨年度までは毎日をだらだらと過ごしていたなあ、貴重な時間を浪費してしまったなあ、と反省せざるを得ません。「お金の有限性には誰でも気づくが、時間の有限性に気づく人間は意外と少ない」と「夢語録」にもありますし。でも過ぎ去ったことをくよくよと後悔してもしょうがありません。「過去を変えることはできないが、未来を変えることで過去の意味を変えることはできる」という「夢語録」の言葉を胸に刻んで前向きに頑張るだけです。

以上がわが校に起きたポジティブな変化です。とりあえずこれでみなさんへの報告義務は果たせたのかなと考えて、後輩の真衣ちゃんの話に戻りますね。

一昨日、生徒会室で雑談をしていたら真衣ちゃんの恋愛話になったんですね。なんでも同級生の男の子からラブレターをもらったらしいんです。いいですよねえ、ラブレター。古風で純粋な感じがして。なんだか微笑《ほほえ》ましくもあり羨ましくもあって安子と倉持で真衣ちゃんをからかってたんですよ。「このモテ女、妬《ねた》ましいぞ、この野郎」

なんて。でも当の本人は全然嬉しそうじゃないんです。というのはラブレターをくれた男の子っていうのが真衣ちゃんによると「イケてない」そうなんですね。「高校生にもなって昆虫採集に夢中のちょっと暗い子」なんですって。それでそういう子からラブレターをもらうのは恥ずかしいって言うんですよ。「恥ずかしい」というのは「照れ臭い」という意味ではなくて、なんというか、「不名誉だ」みたいな感じなんですね。格好いい男の子から告白されるのは名誉なことだけど、格好悪い男の子から告白されるのは恥だと思っちゃってるみたいで。そういうところがやっぱり幼いなあと倉持は感じるわけです。その手の妙な自意識の抱き方が。どんな相手からであれ好意を寄せられるのは素晴らしいことだし、幸せなことだと素直に思えないんですね、高校一年生くらいだと、まだ。もったいないなあ、そんな自意識に縛られていても良いことなんて何もないのになあ。そんなもどかしい思いで後輩を見守る倉持なのでした。

　と、ここで倉持はちょっと真面目に主張したいことがあるんです。自己紹介で申し上げたように倉持は本が大好きで日々せっせと読書に励んでいるんですけど、最近立て続けに読んだ本がたまたまどれも「スクールカースト」をテーマにした作品だったんですね。ちなみにスクールカースト（嫌な言葉ですね）というのはクラス内に存在する目に見えない序列のようなものです。華やかで社交的な子が上位の階層で幅を利かせていて、パッとしない地味な子は下位の階層で肩身の狭い思いをしている——みたいな。幸い倉持が所属するわが三年F組はスクールカースト（返す返すも嫌な言葉です）的なものとは無縁で、みんながそれぞれの個性に応じて生き生きと学園生活を送っているんですけど、やっぱりあるところにはあるんでしょうねえ、スクールカーストなんていうヘンテコな制度が。クラス内の序列なんて所詮はくだらない自意識が生み出した実体のない幻想に過ぎないのに、そんな意味のない幻想に縛られて他人の目ばかり気にするのは不幸なことです。わたしはあの子より上だと変な優越感を持ったり、あの子よりは下だと必要以上に卑下したり。あるいはグループごとの優劣を競って、わたしたちはあのグループよりは上だけど、あのグループよりは下だとか。さらに個人とグループがごっちゃになって、わたしたちのグループはクラスで二番手に位置していて、わたしはその二番手グループのなかの真ん中だとか、わたしはクラスの最底辺のグループに所属しているけれど、そのなかではマシなほうだとか、わたしはトップグループのさらに頂点に位置しているけど、最近あの子が急に綺麗になったから二番目に落っこちたかもしれないとか。そういう馬鹿げたことばかり気にしている子が目の前にいたら倉持はどうするだろうなあ、そうだなあ、たぶん「人間関係はマラソンとは違いますよ！」って一喝してやると思いますね。人間の価値に優劣なんかつけるべきじゃないし、そもそもつけられるわけがないじゃないですか……と倉持は声を大にして訴えたいですね。でも倉持がいくら孤軍奮闘で訴えても、いやいやそれは綺麗事だよ、やっぱりどうしても自分と他人を比較してしまうし、比較したうえで他人よりも優れていたいと願うのは当然じゃないか、と反論するわからず屋さんがいそうですねえ。しか〜し、倉持はそんなわからず屋さんでさえ「他人との比較」という地獄から抜け出せるとっておきの方法を知ってるんですよ！　これは秘中の秘なので本当は簡単に教えたくはないんですけど、今日は特別にこのブログの読者さんのためだけにそっとその方法を公開しちゃいますね。

ジャジャーン。

それはですね、心を開いてみんなと友だちになることです。

なんだ、そんなことかとヤジが飛んできそうですけど、本当にそうなんですよ。そりゃ最初は警戒したり、相手を値踏みしたり、この子より自分は上なのか下なのかなんて計算したりするかもしれません。でもちょっと心を開いて相手の人となりを知るとですよ、もうそういう些細《ささい》なことは気にならなくなるんですよ。人間なんて千差万別、人それぞれなんですから。百パーセント優れた人間なんていないし、百パーセント駄目な人間もいないんですから。それにその人が持っている特徴だって見方を変えれば評価も変わるわけじゃないですか。地味で目立たない子は洗練された派手めの子にコンプレックスを抱くかもしれないけど、洗練されて派手だということはただ格好つけているだけとも取れるわけですよね。地味で目立たないというのも見方を変えれば清楚《せいそ》で控えめとも取れるんだし。明るい性格はそれだけで称賛されがちだけど、これまた見方を変えれば何の悩みもない能天気な単細胞だともいえるわけです……ってそれ、ほとんど倉持のことじゃないか！　明るくて元気なのはいいけど、少しは思慮深さや女の子らしさも身に付けなさいといつも注意されている倉持のことじゃないか！

とにかくそういうことを総合的に考慮するとですね、レベルが上だとか下だとか言っても、そんなのはただの誤差だとわかるはずですよ。いちいち気にするのが馬鹿らしいくらいの単なる誤差！　心を開かないで遠巻きに他人を眺めているだけだからそんな小さな誤差が巨大な格差に見えてしまうだけなんですよ。心を開いて深い関係を築いたら誤差をちゃんと誤差として認識できて、そうすると「なんだ、みんな同じ仲間じゃないか」という当たり前の事実に気づいて、次の瞬間にはスクールカーストなんていう意味のない幻想は消滅してますよ。倉持は声を大にして、拳《こぶし》を振り回してですね、そういうことを主張したいわけですよ……と何故かつい熱くなってしまった倉持ですが。

紅茶を一杯飲んで冷静さを取り戻したのでもう少し話を続けさせてください。じつは倉持、「他人との比較」に汲々《きゅうきゅう》としている子たち以上に深刻な地獄を生きているタイプの子がいることに最近気づいたんです。それは他人との関わりをいっさい拒否して「居心地のいい孤独」のなかに立てこもっている子です。考えてみたら他人と自分を比較している子は少なくとも他人に興味や関心は抱いているわけで、まだ救いがありますよね。でも他人との比較すら拒否して自分の頭のなかだけで世界を完結させている子は最低限の人間らしさすら放棄しようとしているわけで、倉持はそういうタイプの子が心配でならないのです。人間として生を受けた以上、他者と関わりを持つ権利と義務があると思うし、それをハナから拒否するのは、ちょっと大げさな言い方かもしれないけど、犯罪的ですらあると思うんですよ。刑法〇〇条「居心地のいい孤独に立てこもる罪」みたいな。だからですね、いまから、そんな罪を犯している自意識過剰な子たちへ、「警視庁捜査一課人間大好き係」に所属している敏腕刑事のわたくし倉持穂乃果がですね、拡声器を片手に力強く説得を試みることにします。

そこの女子高校生に告ぐ！
あなたはすでに友情によって包囲されている。
無駄な抵抗はやめて直ちに「居心地のいい孤独」から退去せよ。
恥ずかしいことじゃない……。

第四章　密告

美和は孤独を恐れなかった。むしろ孤独を楽しんでいた。美和が密かに恐れていたのは孤独を捨ててまで交流を持ちたいと思うレベルの高い人間に出会ってしまうことだった。そんな人間に出会ってしまうとファイナルプランの実行を躊躇《ちゅうちょ》してしまうかもしれない。ファイナルプランの実行を躊躇するということはユウちゃんを裏切るということである。それはとうてい許されることではない……。

しかしそんな心配はまったくの杞憂《きゆう》だった。クラスの連中はことごとくレベルが低い。このクラスで一番幅を利かせているのは倉持穂乃果と遠藤安子と清野俊のトリオだけど、彼女らでさえ美和の足元にも及ばないくだらない人間である。ましてクラスの底辺をゴキブリのように這《は》い回っている文芸部の連中に至っては存在しているのが可哀《かわい》そうになるくらいだ。

このクラスで多少なりとも見どころがあるのは戸塚原くらい。バッタみたいな顔をしていて直視すると気持ちが悪いのだけど、そもそもたいていの男子は気持ち悪いのだからバッタに似ているくらいは許容範囲だ。それよりもなによりも戸塚原は「A・A同盟」を読んでいるらしい。戸塚原が何度か貸し出しと返却をくり返していると図書室の司書が教えてくれた。よほどあの小説が気に入っているのだろう。戸塚原が「Ａ・Ａ同盟」の本質をどれだけ読み込めているかわからないけど、あの本を手に取っているというだけでもセンスは悪くないと評価できる。美和はクラスの誰に対しても自ら話しかけることはなかった。時々向こうから話しかけてくる倉持穂乃果と遠藤安子に気怠《けだる》く応じるだけだ。ただ戸塚原にならこっちから話しかけてあげてもいいかもしれない。「Ａ・Ａ同盟」の感想を訊き、その答え如何《いかん》によっては交流を持ってあげるのもやぶさかではない。女子からほとんど話しかけられることすらない戸塚原は、美和が声をかけただけでも狂喜乱舞するだろう。

「戸塚原ってさ、絶対美和に気があるよ」
そう言ってきたのは遠藤安子だった。やたらと蒸し暑い六月の水曜日。四時間目の体育の時間。美和と遠藤安子は制服のまま体育館の隅で座っていた。体育を見学しているのは遠藤安子と美和だけで他の女子は全員バスケットボールをしていた。昨年度までなら考えられないことだ。体育なんて女子の半分は休んでいた。休んでいない女子もだらだらとやる気なさそうに体を動かしているだけだった。ところが最近は様相が一変した。ほんの数人の変わり者といってもいいくらいの極端に真面目な子だけが教師の指示どおりに全力で体を動かしていたこれまでの光景とは異なり、いまはみんなが真剣に授業を受けている。クラスのほぼ全員の女子が憑《つ》かれたようにひとつのボールに集中している薄気味悪い様子は怪しげな新興宗教を思わせる。「何事にも一生懸命取り組む教」とでも名づけるべき新興宗教だ。「長年のぬるま湯体質で弛緩しきった教師と生徒の意識に鋭くメスを入れ、やる気と活気と根気のある学園に改革する」と腕まくりをして乗り込んできた渡瀬幹男の影響を露骨に受けている。倉持穂乃果は渡瀬幹男に心酔しているようだが、それはよく理解できる。要するにあの二人は似たもの同士なのだ。自分たちが掲げる価値観を無条件で賛美できる人間。前向きに頑張るのは素晴らしいことだと信じて疑わない人間。夢や希望に向かって全力投球するのが大好きな人間。今日よりも明日が良くなり、明日よりも明後日が良くなると確信している人間。そうして周囲の人間にその価値観を押し付けたがる人間。

（底抜けの悪意によって彼らの信念を崩壊させればさぞかし愉快だろうね）とユウちゃんは言った。

　ユウちゃんの声にしたがい、美和は彼らにどんな地獄がふさわしいかを熟慮する。

「ほら見て、ネットの向こう」粘りつくような遠藤安子の声で美和は我に返った。「戸塚原がチラチラと美和のほうを見ている」

　体育館の中央を仕切るネットの向こうでは男子がバレーボールをしている。うしろにいるときはサーブで狙われ、まえにいるときは全然トスを回してもらえず、早くバレーボールなんて終わらないかなといった様子でコートのなかで所在なく佇んでいる戸塚原がプレーの中断ごとに盗み見るようにこっちに視線を向けている。

「ほら、またこっち見てる」と安子がくり返した。

「そう？」

「そうだよ。美和、気づいてなかった？」

「全然」

「もう。美和はちょっと残酷かもよ」遠藤安子は冗談っぽく頬っぺたを膨らませた。

驚くべきことにこの女は時々本気でこのような表情を作る。

「ところであなたが体育を休むなんて珍しいわね」

「また、『あなた』とか他人行儀なことを言う。わたしはね、ずっとこういうチャンスを狙ってたの」

「どういうチャンスを？」

「美和と二人きりで話せるチャンス。そうして他の誰にも話を聞かれないチャンス」

「ふ～ん」

「今日はわたしたちだけでしょ。体育をサボってるの」遠藤安子は頭をぐるりと動かして周囲を見渡した。「他の生徒は誰もいない。穂乃果もいない」

バスケットボールがこっちにコロコロと転がってきた。「ごめん、安子」と倉持穂乃果が叫んだ。遠藤安子がボールを拾って立ち上がり、ほんの少し強めに倉持穂乃果に投げた。

「サンキュ」倉持穂乃果は微笑んだ。

倉持穂乃果にちらっと微笑みを返したあと遠藤安子は口元を引き締めた。「実はね、清野くんもね、ほんとうは美和のことが好きなんだよ」

「清野？」

「そう。わたし清野くんの本音を聞いたことがあるから知ってるんだよね。本当は美和のことが好きなんだけど態度に出せないから苦労してるって」

「なんで態度に出せないの？」

「そんなの決まってるじゃない。穂乃果が清野くんのことが好きだからよ。穂乃果はね、一年のころから清野くんに夢中なの。でも清野くんは美和に夢中。清野くんはああ見えて優柔不断で人が良いから、はっきりと美和への好意を示せないんだよね。そういうことすると穂乃果に申し訳ないと遠慮してるんだろうね。ほら二人は生徒会の仲間でもあるから気まずい感じにはなりたくないでしょ」

「ねえ、あなた。もしかして倉持穂乃果を嫌ってる？」

「あれ？　わかっちゃいました？」遠藤安子は舌をぺろっと出して笑った。「嫌いだよ。初めて会ったときからずっと」

戸塚原だけではない。案外この女もセンスは悪くないのかもしれない。美和は遠藤安子をテストするような気持ちで訊いてみた。「倉持穂乃果のどこが嫌いなの？」

「全部嫌いだけど、あえて限定するとしたら二点。ひとつめは普通を気取っているけど実は特別であろうとしていること。でもその実まったく凡庸なこと。もうひとつは最初の一点と関連しているけど内心でわたしを見下していること。見下されるのは別にいいんだけどね。相手によっては。でもわたしを見下すには穂乃果じゃ格が低すぎる」

倉持穂乃果がドリブルシュートを決めた。キャーキャーと嬌声《きょうせい》を上げながら周りの子とハイタッチをしている。

「ああいうところも嫌いなんじゃない？」美和はさらに訊いた。

遠藤安子はニッコリと笑った。「わかる？」

「まあね」

しばらく沈黙した。

「さっき戸塚原と清野くんは美和のことが好きって言ったでしょ」

「聞いた」

「彼らの他にも美和が好きっていう人がいるんだけど」

「誰？」

遠藤安子は自分の顔を指差して言った。「わたし」

「はい？」

「あっ、変な意味じゃないよ」遠藤安子は慌てたように左右に首を振った。「恋愛対象とかそういうんじゃないから誤解しないでね」

「そんな誤解はしないけど」

「憧れてたんだ。美和に。もうずっと前から。穂乃果が特別でありたいと思っているのに平凡な人だとすると……」倉持穂乃果を遠巻きに見ながらそう言ったあと、遠藤安子は美和の瞳を覗き込んだ。「美和はふつうにしていても特別なオーラが出ている人」

授業の終了を告げるホイッスルが鳴った。スポーツ推薦につぐスポーツ推薦で世間を渡ってきた体育教師が「整列！」と号令をかけた。最後の一礼も昨年度までとは様変わりしている。ちらっと頭を上下させるだった昨年度とは異なり、いまは全員が耳をつんざくような大声で「ありがとうございました！」と言ってお辞儀をする。

「うるさい」美和が小さく呟《つぶや》くと、遠藤安子は「ね」と同意した。

一糸乱れぬ隊列がほどけて倉持穂乃果がどかどかと近寄ってきた。ピンクのタオルで首筋の汗を拭いながら「ああ、くたびれた。でも気持ちいい」と笑う。遠藤安子は「お疲れ」と言った。そうして倉持穂乃果のあとにくっついて一緒に更衣室のほうに歩いていったが、途中でチラッと美和のほうをふり返り含みのある笑い方をした。

（一連の発言はあいつの本音だと見做《みな》していいと思うよ）とユウちゃんが言った。（あの冴《さ》えない女の子は本気で倉持穂乃果を毛嫌いしている。倉持穂乃果から離れて真に崇拝できる相手を求めているのさ）

うん、と美和はうなずいた。

（あの手の女の子を手駒として飼い慣らしておくのはファイナルプランにとって決してマイナスではないよ）

うん、うんと美和は二度うなずいた。

それ以来、安子はちょくちょく美和のもとにやって来るようになった。ひょこひょこ子犬のように。倉持穂乃果は世界中の人間と友だちになろうとでもしているのか、休み時間にはよく他のクラスにも出入りしている。安子はそんな倉持穂乃果の動向を目で追い、倉持穂乃果がいない隙を見計らって美和のもとにやって来るのだ。美和は駄犬をしつけるような気持ちで安子に接した。安子は倉持穂乃果に対して腹に据えかねるものをたっぷりと溜《た》め込んでいたらしく、美和と喋る内容の多くが倉持穂乃果への批判だった。

「この前さ、穂乃果のやつ報道記者になりたいって言ってたでしょう」

「言ってたね」

「あれさ、しょっちゅう言ってるんだけど嘘《うそ》なんだよ」

「そうなの？」

「本当はね、あいつアナウンサーになりたいの。それも民放のキー局のアナウンサー。いわゆる女子アナ」

「ふ〜ん」

「たぶん志望動機も『自分の言葉で伝えたい』とか言っちゃうんだろうけどさ。本当は蝶《ちょう》よ花よと扱われたいだけなの」

「そういう欲望っていまでも十分にギラついていると思うけど」

「やっぱりわかる？　さすが美和は鋭いや」安子は頰を弛《ゆる》めた。「穂乃果が誰にでも愛想がいいのは『女子アナ』になったときのために布石を打っているだけなんだよ。有名になったあとにこんな風に言われたいだけ。高校時代からみんなの人気者でした。顔も可愛くて成績も良くてマドンナ的な存在だったけど全然お高くとまったところがなくて気さくに話しかけてくれましたって」

たしかにそういうことを望んでいるのだろうと想像できる。「女子アナ」になるような人間にはある種の決まりきった一本道があるのだ。高校までは活発な優等生として通し、大学在学中に嬉々としてミスコンに参加。大学卒業後「ミス〇〇」の肩書を引っ提げてアナウンサーになり、テレビ画面に映るようになると必ず「天然ボケ」だの「おっちょこちょい」だの「私生活では案外男っぽい」だのとどうでもいい属性をアピールし、三十歳で定年だといわれている職業なのに若い頃に注目された快感が忘れられないのか、三十歳を超えても四十歳を超えても、やれ子供ができただの、ワンちゃんを飼っているだの、ヨガにはまっているだの、海外に留学してワインの勉強をしただのと、どうでもいい私生活を公開するためにのこのことテレビにしゃしゃり出てきて、そのあいだに最低一冊は生ゴミのようなエッセイ集を出版する。

しかしまあこういうのはよく指摘されることだ。それ以外に美和はテレビを見て気づいていることがある。それは二十六歳くらいを境に女はガクンと老けるということだ。しかも何故か「女子アナ」にその傾向が顕著だ。カメラを正面から見据えて気を張っているときはいいが、ふと気を抜いたときや、横顔を映されたときに、はっきりと「老い」が目立つ。それまではナチュラルに見えていたメイクがいかにも「塗っている」という感じになる。ファンデーションが肌から浮き上がっているさまが可哀そうなくらい明確に認識できるようになる。

実際に倉持穂乃果が「女子アナ」になれるかどうかはわからない。もし倉持穂乃果がめでたく「女子アナ」になったら画面の中で老けてゆく様子をじっくりと観察してみたいものだと思う。残念ながらその頃まで美和は生きていないだろうけど。

「もし穂乃果が有名になってどこかの雑誌がわたしのところに取材に来たら、きっぱりと言ってやるんだ」安子は高らかに宣言した。「あの子のことは大嫌いでした。そういう人はたくさんいましたって」

ユウちゃんの言う通り、安子を手元に置いておくのは有益かもしれない。その気になれば牛の糞は肥料として使えるし、ドブネズミは動物実験に使える。遠藤安子にも何かしらの使い道があるだろう。問題はどういう風に活用するかだ。

美和はもう少し安子を試してみることにした。

「ねえ安子。わたしのこと、もっと知りたくない？」

「えっ？」

「わたしにどんな過去があり、どんな未来を志向しているか」

11

親愛なる兄へ。

お元気ですか？

ここ数日、兄さんに知らせたくてうずうずしていたニュースがあります。それはほくにとっては驚天動地の出来事で、それが本当に現実に起こっていることなのか、いまだに半信半疑です。

理由はよくわからないけれど近ごろ遠藤が平林に急接近しているのです。しかも遠藤はあれほど仲が良さそうに見えた倉持とあえて距離を取って平林に近づいているように思えるのです。女子の人間関係は複雑怪奇、魑魅魍魎《ちみもうりょう》が跋扈《ばっこ》する世界らしいので、正確な実態を把握するのは容易ではないですし、ぼくに窺い知れることなんて限られています。ただ遠藤は平林と親しくなって生き生きとしているように見えるし（もともと元気な子だけど）、平林も遠藤とおしゃべりをするのをけっこう楽しんでいるようです（相変わらず笑顔はほとんど見せないけれど）。平林と遠藤は水と油でとてもじゃないけど馬が合うとは思えないのに。いつも兄さんが言っていたように、女というのは一筋縄ではいかず、表面的な笑顔の裏で常に腹に一物を抱えている生き物なのかもしれません。

ただ、この「謎の転進」とでもいうべき遠藤の行動も理解できなくはないのです。清野ついこの前まで遠藤は、倉持と清野と三人で一緒にいることが多かったのです。清野というのはうちのクラスでは一番ルックスが良くて、野球部員であると同時に生徒会のメンバーでもあります。倉持も遠藤も生徒会のメンバーだから、まあ彼らはいわば生徒会仲間なんですね。ところがそれだけでなく倉持と清野って恋人同士っぽいんですよ。友だち以上恋人未満……的な関係なのかもしれないけれど。遠藤は二人から爪《つま》弾《はじ》きにされたと感じ、その反動で平林と親しくなろうとしているのかも。クラスのなかの一方の美少女倉橋穂乃果からもう一方の美少女平林美和に乗り換えた……みたいな。このあたりは国際社会で孤立してドイツにすり寄った戦前の日本を連想させます。

不思議なことにひとりぼっちで孤高を気取っていたときの平林よりも遠藤と親しくしている平林のほうがミステリアスに見えます。そしてミステリアスに見えれば見えるほど、よりいっそう平林のことを知りたくなります。

求めよ、さらば与えられん。

幸運にもぼくは平林の過去を知る人物と出会いました。といってもそんな大層なものではなく、彼女の中学時代の同級生と友だちになっただけなんですけどね。和久井ゼミナールで知り合ったんです。その同級生の名前は水城大和《みずきやまと》。自習室で勉強をしているとむこうから声をかけてきました。水城は「思考訓練の場としての英文解釈」というマイナーな参考書で勉強をしていて、ぼくもその参考書を使っていたので親近感を持ったのでしょう。

「やたら難しいよね、この本」

「うん」

「理解できてる？」

「全然できてない。でも気分転換に読んでるんだ」

「気分転換？」

「そう。この本って活字の組み方が独特だし文章も禍々《まがまが》しいから読んでいるとお化け屋敷を彷徨《さまよ》っているような気分に浸れるんだよね。だから理解できるかどうかは別としてただぼんやりと通読している」

「へえ。そりゃずいぶん変わった使い方だ」

とまあこんな感じで会話がはじまりました。しばらく話をしてぼくが錬成館の三年生だとわかると水城は「ああ、だったら平林美和って知ってる？」と言ったのです。「あいつとは中学三年生のときに同じクラスだったんだ」と。それから中学時代の平林についてちょっと哀しいエピソードを聞きました。

　中学二年の秋、ある男の子を好きになった平林はラブレターを書いて渡したらしいんです。ポエティックでパッションに溢れたセンチメンタルなラブレター。つまり詩的で情熱的で感傷的な恋文。第三者には決して見られたくない代物です。それでなくてもティーンエイジャーの少女が書いたラブレターは（本人の承諾なしに）公開してはいけない最たるもののうちのひとつですから。ところが相手の男は平林の恋心を踏み躙《にじ》ったそうです。昼休みに平林からもらったラブレターを帰りのホームルームの前に友だちと回し読みして大声で笑っていたらしいのです。

平林のどこか他人を拒絶するような佇まいや、人間不信を（とりわけ男性不信を）露わにしたような目つきは、中学時代に味わわされた痛手が尾を引いているからといっていいのかもしれません。みんなの前でラブレターを読み上げたその男の無神経さには憤りを禁じ得ないですねえ。もしぼくが平林からラブレターをもらったら、自分だけの宝物として大切にし、絶対に他人に見せたりしないのになあ。

追伸

「A・A同盟」はいよいよ佳境を迎えました。事件の黒幕がいよいよ姿を現そうとしているのです。物語の中盤で「我々は出版物ということに関して正反対の角度から辛酸を舐《な》めた」という文章が出てきます。どうやらこの文章と「A・A同盟」という題名が黒幕の存在を暗示しているようです。

12

みなさん、こんにちは倉持です。

前回このブログで書いたようにわが錬成館高校は渡瀬理事長のご指導のもと活気に満ちた学園として生まれ変わっています。そして学園の活気に後押しされるように倉持も一日一日を全力で駆け抜けるつもりで生活しています。やっぱりそういう風に一生懸命生きたほうが充実感があるし自分のためにもなりますよね。倉持的にはもう少し早く渡瀬理事長に出会いたかったというのが本音です。

ところで渡瀬理事長の「夢語録」のなかに「新たなチャレンジは自分のためになる。チャレンジを継続すると周囲のためになる。チャレンジを極めると世界のためになる」というお言葉があります。そのお言葉に触発されて倉持もこれまで経験してこなかった「あること」にチャレンジしてます。

その「あること」って何だと思いますか？

正解は料理です。料理なんですよ。

不器用で女性らしさ（いわゆる「女子力」ってやつですか）に欠けると自覚している倉持には最も似つかわしくないチャレンジです。倉持があえてこの不似合な趣味にチャレンジした理由は主にふたつあります。

まず料理をするのは勉強にもいい影響があるということです。倉持は目下高校三年生。悲しき受験生なので勉強も疎かにできません。が、料理をすると勉強にもいい影響があるみたいなんですね。手先を使うので脳を刺激するし、段取りを考えながらやるので料理上手になれれば勉強上手にもなれるそうなんです。女子力も上がり成績もアップすれば一石二鳥じゃないですか。なので生まれて初めて包丁を握ったわけです。

それからもうひとつは――既に言っちゃってますけど――女子力を上げることです。近ごろでは料理をする男の人もいれば料理をしない女の人もいますし、料理に限らず男らしさと女らしさの境界って曖昧になっていますけど、やっぱり男女のちがいってあると思うんですよね。倉持は男には男らしくあってほしいし、女は女らしくすべきだと考えています……。なんてことを口にすると、いや、お前が言うなよ！　とどこかからツッコミが入りそうですが。とにかく最低限の女らしさは身に付けておこう、せめて料理くらいはできるようになろうと日々キッチンに立っている倉持です。

でもいざやってみると、大変ですね、料理って。もう卵焼きひとつ作るのに四苦八苦ですよ。卵を何個も無駄にしてしまいました。でもそのおかげで――というのも何ですが――母の偉大さが身に沁《し》みました。なにしろ母は卵焼きどころかお弁当を含めて毎日三食、家族のために食事を用意してくれているのですから。物心つく前からそうしてくれているので当たり前のことになってしまっていますけど、やっぱりこれって凄いことだし、感謝しなくちゃいけないですよねえ。母に対する「ありがとう」の気持ちが欠けていたと猛省した倉持。今日はお弁当箱を自分で洗い、台所のテーブルに感謝の手紙を置いておきました。

そして、そして。珍しく親孝行らしきことをした倉持への神様からのプレゼントなのか、嬉しいニュースが飛び込んできました。この夏、星村先生の待望の新刊が発売されるらしいのです。どうやらハードカバーの単行本で上下二巻の大作らしいです。
また今回も発売当日に買って一目散に家に持ち帰って貪《むさぼ》るように読むんだろうなあ。

第五章　厭世

13

散々安子から辛気臭い話を聞かされた。干からびた秋茄子《なす》みたいな顔をしている安子には辛気臭い話がよく似合う。安子の父親が経営しているメッキ工場はずいぶん前から経営が傾いており自転車操業の状態が続いているらしい。負債が重なり手形を落とすために銀行以外の金融機関からも借金をしているようだ。当然、家計のほうも火の車。苛立ちが募る父親と母親の口論が絶えないのだという。安子は安子なりの地獄を抱えているのだ。もっとも、安子にそっくりであろう両親が金欠のせいで夫婦喧嘩《げんか》をしているのはなんとも所帯じみた地獄だと想像するだけでゲンナリするが。

（とはいえ、地獄は地獄でしょ？）とユウちゃんは笑った。

とことん所帯じみた辛気臭い地獄が安子を自暴自棄にさせているのか、彼女は「ファイナルプラン、だっけ？　それを実行するときはわたしにも協力させて」などと言い出した。

もちろん本人がそう望んでいるのなら協力させてあげる……というか駒として使ってあげるのもやぶさかではない。ただ安子がどれだけ本気で言っているのかは慎重に見極める必要がある。百パーセント信頼して美和の使い走りに認定するのは時期尚早

に見えるからだ。なぜなら地獄を味わいながらもまだまだ安子には父親への愛情が残っているよう
だ。
　ある日、安子は「渡瀬理事長のことどう思う？」と訊いてきた。
「どうだっていいでしょ、あんなやつ」
「うん、そうだけど。でも渡瀬理事長みたいにさ、使えないやつを容赦なく斬り捨て
ていればさ、うちの工場の経営状況もいまほど悪くなっていなかったのにとふと思っ
たから。実力主義で従業員を選別していればうちの工場も……」
「あなた渡瀬幹男を評価してるの？」
「ちがうよ。嫌いだけどさ、あんな成金。でもうちの父親は甘すぎるんだよ。ただで
さえ人手は足りているのに地元の変なヤンキーを雇ったりしてさ」
　安子が「家族愛」なる無用の長物を大切にしている限り、たいした働きは期待でき
そうにない。とりあえず美和は「ねえ、安子。渡瀬幹男に敬称は不要。渡瀬幹男は渡
瀬幹男。これからはちゃんと呼び捨てにしてよね」と安子をたしなめておいた。
　美和は基本的に他人のことはフルネームで呼ぶ。ファーストネームは論外。ファミ
リーネームで呼ぶのさえ忌まわしい。他人をフルネームで捉えることによってその人
物の人間味が失われ記号化される。美和はそんな風に感じている。美和がそう感じる
以上、安子もその価値観に従う必要がある。もし従うことができないならそれこそ容

赦なく斬り捨てるだけだ。

　美和が不機嫌になったのを察した安子はおもねるように言った。「ねえ知ってる？　穂乃果っていまダイエットしてるんだよ」

「倉持穂乃果」と美和は訂正した。

「あっ、ゴメン」安子は申し訳なさげに肩をすくめた。「倉持穂乃果っていまダイエットしてんの。いまっていうよりこれまでに何度もダイエットをしては失敗してるんだけど」

「ふ〜ん」

「倉持穂乃果はね、決して痩せてるほうじゃないでしょ？」

「むしろぽっちゃりの一歩手前なんじゃない」

「そうそう。でもあれでけっこう着痩せするタイプなんだよ。着痩せしてあれだから実際はかなり太い」

「お気の毒に」

「昼間は平気な顔で弁当を食べてるけど、朝ごはんと晩ごはんはしっかり抜いてる」

「よく知ってるわね」

「それがね」安子は悪戯っぽく笑った。「本人は隠してたんだよ。あいつ、ダイエットなんかとは無縁です、女の子っぽいことは苦手なんです、色気より食い気です、みたいな素振りをして同性の人気を得ようとしてるから」

「それはわかる」

「まあ倉持穂乃果にはカリスマ性みたいなものがないからさ。美和とちがって。だからサバサバとした天真爛漫《らんまん》な女の子を装って好感度を高めるしかないんだろうけどね」

「よっぽど人気者になりたいんだね」

「そりゃ凄いよ。そういう面での穂乃果のがっつきかたは」

「倉持穂乃果」

「あっ、そうか、倉持穂乃果だ。それで倉持穂乃果はね、天真爛漫を装うその裏で必死で痩せようと努力しているの。この前の日曜日にね、倉持穂乃果の家に遊びに行ったの。そうしたらあいつのお母さんがね、計らずもバラしちゃったわけ。『もう、この子ったら朝ごはんも晩ごはんも食べないのよ。無理なダイエットは体に悪いからしっかり栄養を取りなさいって注意してるんだけど全然言うこと聞かないの。おばさんがいくら言ってもダメだから安子ちゃんから説得してくれない？』だって」

「倉持穂乃果、どんな顔してた？」

「エヘヘヘヘ、とか笑って誤魔化してたよ。誤魔化せてねえよって言いたくなったけど」

「いい見世物を見物できたじゃない」

「まあね。とにかく倉持穂乃果にはさ、ダイエットは無理だよ。焼け石に水。潜在的な細さが美和とは全然ちがうもん。骨格からして逞《たくま》しいんだからさ、あいつは。ちょっとやそっと食事の量を減らしたからってどうなるものでもない」

こんな風に安子はたまに鋭いことを言う。

六月から七月にかけて何人かの教師が学校から消えた。実力主義を看板に掲げる渡瀬幹男によって追放されたような形だ。国語の板橋《いたばし》。世界史の後藤《ごとう》。英語の羽田《はだ》、化学の三好。いずれも効率のいい授業が行えない教師たちだった。その代わり渡瀬幹男がスカウトしてきた新任の教師が赴任してきた。消えていった教師たちとは異なりハキハキとよく通る声でテキパキと授業をする者ばかりだ。彼らがせっせと受験テクニックを叩《たた》きこめば錬成館の進学率はウナギ上り。「有名国立大学に何人合格した」とか言い出すかもしれない。さらに学習面だけでなく部活動でも専門の指導者を招聘《しょうへい》している。いずれスポーツ面でも全国に名を轟《とどろ》かせようという腹積もりだろう。

しかし私立錬成館高等学校の名前が人々の記憶に刻まれるのは有名進学校としてでもなくスポーツ強豪校としてでもない。錬成館はただ、稀代の美しき殺人者・平林美和の在籍していた学校として、平林美和とセットでのみ語り継がれることになるのだ。

14

親愛なる兄へ

お元気ですか？

ここ数日、ぼくは柄にもなく憤っています。

たしか前々回の手紙で書いたと思うのですが、現在、渡瀬と小松のコンビが「乗っ取り」のような形でそれぞれ錬成館高校の理事長と校長の椅子に座っています。そしてぼくが見る限りこの二人は立派な精神異常者です。精神異常者は論者によってさまざまに分類されますが、「苦労をしていない人間に対して異常な憎悪を燃やす」というタイプの異常者がいるそうです。おそらく渡瀬はこのタイプですね。理事長に就任直後、教師の給与を大幅にカットしました。さらに「教師は現実の社会の厳しさを知らない」と主張して全教員に「パース・ポポロ」での研修を義務付けたそうです。研修といっても「パース・ポポロ」で皿洗いをしたり、年下の社員に罵倒されながら接客をしているだけですけど。強権的にこういうことをやらせて嬉々としている渡瀬の異常性がどんな体験に起因しているのかはわかりません。渡瀬の父親も会社を経営していて、その会社は渡瀬が中学のときに倒産したそうです。その辺りの事情が渡瀬の人格形成に暗い影を落としているのかもしれません。あるいは渡瀬は若かりし頃「パース・ポポロ」の創業資金を工面するため馬車馬のようにアルバイト労働をしていたそうなので、自分が馬車馬のように働かされていた分、他人も同等かそれ以上に働かせてやらなければ気が済まないと屈折した復讐心に燃えているのかも。馬車馬労働の結果なのかどうかはわからないけど間近で見る渡瀬の顔はどことなく馬みたいです。こんなことを言ったら世の馬たちは気分を害するでしょうが。

一方、小松は渡瀬と鏡像関係にある影のようなもので、校内をウロウロと徘徊《はいかい》しては教師を面罵《めんば》することに余念がありません。そう言えばつい先日「部下のためを思い、時には面罵してでも徹底的に鍛え上げる熱血社長」を美談仕立てに描いた〈パワーハラスメント礼賛〉みたいな酷い経済小説を読んだんだけど、あれは誰が書いた何という作品だったかな? 著者名と題名を忘れちゃいました。覚える価値がないものはやっぱり記憶から消えるものなのでしょう。小松の話に戻します。眼鏡の奥の目をギョロつかせて校内を歩き回っている小太りの大学教授兼錬成館高校の校長であらせられるこの中年男は単に渡瀬の影というに留まりません。小松には小松の歪《ゆが》んだ心性があると思われます。ぼくは昨年、偶然にもこの男が深夜の討論番組に出ているのを見たことがあります。そうです。あの〈一切のタブーを排して社会問題に鋭く切り込む〉

と謳《うた》った、いっぱいタブーがありそうな討論番組です。ぼくにしてはめずらしく寝つ
きが悪かった蒸し暑い夏の夜、珍獣図鑑でも眺めるようなつもりでぼんやりと見てい
たその番組に小松が出演していたのです。まさかその時点では小松がうちの学校の校
長になるなんて夢にも思いませんでしたが。
その日のテーマはふたつあって、ひとつは「株価の上昇と実質賃金の停滞」、もう
ひとつは「検察官による密室での取り調べと冤罪《えんざい》の関係」。法学部の教授である小松
は当然、後者のテーマのために呼ばれたんですね。だから前半の経済問題が議論され
ているあいだは何も発言できず置物同然でした。心なしか目も泳いでいましたね。よ
うやく前半の経済の議論が終わり、刑事司法をテーマとした後半の議論に移行したん
ですけど、小松はそこでもやっぱり置物のままでした。実務経験が皆無の小松は検察
官の威圧的な取り調べの実態について丸っきり知識がなかったらしく、「いや、驚き
ました。これじゃあ江戸時代のお代官さまの世界ですよ」というのが唯一の発言らし
い発言でした。象牙《ぞうげ》の塔に籠《こも》って現実世界の厳しさは何も知らない小松さん。たぶん
それがコンプレックスの源なんだと思います。彼はやたらと政府の審議会のメンバー
に名を連ねたり、代議士とのコネクションを吹聴したりしているようですが、あれは
コンプレックスの裏返しでしょう。そして学校現場でガミガミと教師に口出しをして
いるのもまたコンプレックス解消への虚《むな》しい試みの一環と考えられます。（おれは学

問の世界だけでなく現実の世界でも通用する有能な人間だ！）という小松の悲痛な叫びが聞こえてくるようです。

まあ、渡瀬や小松の人格なんてどうでもいいんですけどね。ぼくが彼らと個人的に関わることはないだろうし、どのみちあと八か月ほどで卒業するのだし。ただ現体制のような強権的な学校支配が続けば遠からず歪《いびつ》な形で反動が来て、何かとんでもない事件が起きそうな気がしてなりません。

追伸

「A・A同盟」を読み終えました。黒幕の存在も彼らの目的も明らかになりました。でもちょっと長くなるのでその内容はまたいずれ詳述するということで。とにかく今日は渡瀬と小松にムカついていて本の話をする気にはなれません。

15

みなさんこんにちは、倉持です。

唐突ですがみなさんは桃井《ももい》賢志郎《けんしろう》さんという方をご存知ですか？　ひと昔前に「ビストロ・ブロークンハート」という曲をヒットさせて一世を風靡《ふうび》したシンガーソング

ライターの方です。ただ、あまりにも急激にスターダムに駆け上がったため環境の変化に戸惑い、プレッシャーにも苛《さいな》まれて、違法な薬物に手を出してしまったんです。現在はドラッグを絶ち、ひとりの社会人として堅実に生きておられます。じつは桃井賢志郎さんは渡瀬理事長の経営する「パース・ポポロ」で従業員として働いているんです。お顔の広い渡瀬理事長は知人を通じて桃井賢志郎さんと交流するようになり、ご自分のお店の従業員として雇い入れることによって桃井賢志郎さんの更生に手を貸していらっしゃるのですね。その桃井賢志郎さんが過日、わが錬成館高校にご講演にいらっしゃいました。各界の著名人の体験談を聞いて学校の授業だけでは学べない何かを身に付けてほしい、見聞を広めてほしいというのが渡瀬理事長のご意向で、このような講演会を理事長は「夢授業」と呼んでおられます。桃井賢志郎さんが行った講演は「夢授業」の第一弾というわけです。桃井賢志郎さんのお話、良かったですよ。華々しい成功とその後に訪れた大き過ぎる挫折。若くして辛酸を舐めつくし、一時は自暴自棄にもなったそうです。それでも渡瀬理事長との出会いによりご自身の人生を見つめ直し、地道に更生の道を歩んでいる。どんな状況に置かれても諦めずに努力することの大切さ、謙虚でいることの尊さ、人との出会いの素晴らしさ、感謝の気持ちを忘れないことの大事さ……。本当にさまざまなことを学べた貴重な講演会でした。

ただこの素晴らしい講演をA子に聞かせてあげられなかったのが残念です。まあA

子は講演会の当日に風邪をこじらせていたみたいなのでしょうがないんですけどね。でもいまのA子にこそ必要な講演だったような気がするんです……。ええと、A子というのは倉持の友だちなんですけどね、今回はちょっと実名を出せないんです。A子の家庭内の事情に触れてしまうので。

倉持は近ごろA子から悩みを打ち明けられました。彼女の両親が不仲で場合によっては離婚にまで至りそうな気配らしくて。聞くところによると家業があまり上手くいっていないのが夫婦の不仲に繋がったみたいなんです。高校生の倉持にはわかりませんが、このご時世ですから小さな会社を経営するのは大変なんでしょうねえ、きっと。A子は「金の切れ目が縁の切れ目だよ」なんて寂しそうに言っていました。でもそんなのやっぱり悲しいですよね。数ある慣用句のなかでも「金の切れ目が縁の切れ目」ってワーストワンだと思います。困難に直面したときこそ夫婦で助け合って乗り越えるべきだ……っていうのは所詮は社会の厳しさを知らない高校生の理想論なのかなあ。でもそうじゃないと救いがないですよね。A子は言い争いの絶えないお父さんとお母さんの間で板挟みになって苦しんでいるみたいで……。いつも明るいA子が家族の問題で落ち込んでいるのは見ていて心が痛みます。

倉持の両親はとても夫婦仲が良くて傍から見ていても微笑ましいくらいだし、両親と倉持の仲もいいので、倉持は家庭内のゴタゴタで悩んだ経験って全然ないんですよ。

それはそれでとても幸せなことなんですけど、いざ友だちからその手の重たい相談をされると経験がないだけにどう答えていいかわからないんですよね。気の利いた言葉の魔法をかけてあげられればいいんだけど……。愚直な倉持が口にできるのはシンプルな励ましのメッセージだけです。

「頑張って、A子。逆境に負けないで。A子ならきっと乗り越えられる」

第六章　偽善

16

今から六年前、義父は満面の笑顔と共にわが家にやってきた。父が死んでから三年が経っていた。母の美しさはまだまだ健在だった。義父は母の外見の美しさに魅了されたのだろう。父親になる覚悟など最初からなかったのだ。それは美和にとって短期的には不快なことだったが、長期的にはありがたいことだった。義父を通じて美和はこの世の真実を学び、どんな風に生きるべきかではなく、どんな風に死ぬべきかを考えられるようになった。母にも感謝している。何はともあれ美しさの遺伝子だけは美和に授けてくれた。死に方だけを考える真っ当な人間には美しさだけがあればよい。

「お母さんと一緒にいると笑顔でいられるんだよ。これからは家族四人で仲良く暮らそうね」

初対面で義父はそう言った。髯《ひげ》を剃《そ》ったあとが青々と残っている義父を受け入れるのは生理的に難しかったが、美和が反対したからといってどうなるものでもなかった。初対面の一か月後に母と義父は結婚した。茶番のような結婚式に参加させられ、美和はあくびを連発した。後にも先にもあんなにたっぷりとあくびをしたことはない。物心ついた頃から「美和ちゃんのお母さんてきれいだよね」としばしば言われ、美和自身もそう思っていたが、ウエディングドレス姿を見て初めて母を醜いと思った。年齢とマッチしていないのだ。ウエディングドレスには臨界期とでもいうべき時期が存在する。それを着る資格があるのは特定の年齢までで、それを超えるとただただ痛々しいだけだ。年を取ることの恐ろしさを思い知らされた。得体の知れない義父も怖かったが、自分が年を取ることも怖かった。

義父がどんな仕事をしている人なのかは当時はわからなかったけど（あとでゲームのプログラマーだと知った）、かなり羽振りはいいようだった。そう、羽振りがいいという表現がぴったりだ。お金持ちというのともちがうし、裕福というのともちがうし、高収入というのともちょっとちがっていた。何らかの運と偶然が重なってハプニング的にあぶく銭を手に入れたといった感じの男だった。母と義父の結婚後、豊島区のアパートから江東区のマンションに引っ越した。義父は家で仕事をすることが多く、せめて昼間だけでもどこかに行ってくれないかといつも切実に願っていた。

義父は美和と弟を手なずけようとしばしば外に連れ出した。近くの公園で弟とキャッチボールをしたり、美和を映画や遊園地に誘ったりした。「いつも笑顔でいること」を強要されたのでせっせと笑わなければならなかった。義父はしばしばつまらない冗談を言っては「ツッコまな、ツッコまな」と促してきた（この手の似非《えせ》漫才師人間は全国で百二十万人以上いる）。義父が関西圏の出身なのか、それとも関西圏の出身ではないのに関西弁を使っていたのかはわからない。いずれにせよ義父といる時間は苦痛だった。

　最初の一撃は母が喰《く》らった。髪の毛をつかまれて殴られたのだ。なかなか激しい暴力だった。結婚式ではあれだけ仲が良さそうに見えたのにどうして義父は急に母を殴りはじめたのか。世の中の色んなところで色んな輩が「人は変われる」と強調しているから義父も何かのきっかけがあって変わったのだろう。「お前の教育の仕方がどうたらこうたら……」とわめき散らす義父に、母はひたすら殴られていた。

　やがて義父は母だけでなく美和や弟にも暴行を加えるようになった。生まれてはじめて他人から有形力を行使された弟はポカンとしていた。

「ねえ美和ちゃん。さっきお義父さんに殴られたんだけど、どうしてかな、ぼく何か悪いことしたかな？」

「あなたは何も悪くはないのよ。あの人は暴力を振るうのが好きなだけなんだから」

「そうなのかなあ」

　弟は美和の言ったことにすぐには納得しなかった。自分の態度に問題があるのではと疑い改善しようと努力していた。しかし弟の努力は功を奏さず、むしろ態度を改めようと頑張れば頑張るほど暴力は酷くなった。義父は「大人を舐めんじゃねえぞ」と陳腐な言葉で威圧しながら拳を振り下ろしていた。ゲームのプログラミングをするのに言語能力は必要ないのかもしれない。

母親、弟ときて、ついに美和にも暴力の刃が向かってきた。弟が受けるのと同種の暴力を振るわれそうになることもあれば、ちがう種類の暴力である場合もあった。弟とは異なる種類の暴力を受けるのは肉体的には苦痛だったが、精神的にはそれほどでもなかった。若さにこそ価値があるという漠然とした仮説が証明されたような気がして逆にすっきりするくらいだった。どのような形であれ自分の考えが明確に証明されるのは気持ちのいいものだ。

義父が逮捕されたのはその年の秋だった。忘れもしない。十一月七日。義父は弟を殺した。弟に馬乗りになり髪の毛をつかみ（義父は頭髪をつかむのが好きだった）、床に打ちつけているうちに弟はぐったりとして動かなくなったらしい。義父はその翌日に自首した。もちろん反省をしているからではない。死なせてしまった以上、もう誤魔化しようもないし、自首をして少しでも減刑されることを期待したのだ。義父の行為はあきらかに殺人だったのに何故か裁判では傷害致死と認定された。躾《しつけ》のために折檻をしていてつい命を奪ってしまったということになったのだ。

弟を失って以後、美和は笑えなくなった。あるいは笑わなくなった。大きすぎる悲劇のまえでは笑顔などまったく無意味なのだ。笑顔で克服できるとすればそれは最初からたいした悲劇ではないということだ。本物の悲劇は笑顔などでは糊塗《こと》できない。

本物の悲劇を癒してくれるのはもっと大きな惨劇だけだ。

天国に逝った弟のユウちゃんは美和のなかで神格化された。ユウちゃんの声は絶対で、ユウちゃんの言葉を聞くことだけがこのくだらない世界で生きる意味になった。とはいえ現世に長くとどまるつもりなどさらさらないが。

（タイムリミットは近づいているよ）とユウちゃんは言う。

翌年に確定した義父への判決は懲役六年六か月だった。来年には刑期を終えて帰って来る。なんと義父は出所してからもまた美和たちと暮らすつもりらしい。刑務所から頻繁に手紙を送ってくる。母も義父を受け入れるつもりでいる。手紙を美和に見せて「ほら、あの人は反省してるのよ」と言う。どうして母はあんな男を待っているのか。どうしてあんな男に執着するのか。前科者になったとはいえたっぷりと貯金があるから？　ちがう。近頃母はめっきり老けた。母が義父を庇《かば》い、義父に肩入れしているのはおそらく、女として自分を見てくれる男は義父が最後だと自覚しているからだろう。つくづく年は取りたくない。

（年を取る前に死ねるのは幸せなことだよ）とユウちゃんは美和を祝福してくれる。

ユウちゃんの祝福に応えるためにしかるべきファイナルプランを実行し、すみやかにこの世を去らなければならない。

安子が美和のもとにやって来る回数は日に日に増えていった。倉持穂乃果が他のクラスに出入りする回数が増えるのに比例して安子が美和のもとに来る回数も増えたのだ。倉持穂乃果は安子から離れた。そんな倉持穂乃果への当て擦《こす》りのように安子は美和にすり寄ってきた。いや、むしろ逆かもしれない。女王体質の倉持穂乃果は誰もが自分にかしずかなければ納得できないのだ。安子が自分から離れていったのが口惜しくて、安子へのあてつけとして他のクラスに新たな人間関係を求めているのだ。

ただ動機は何であれ、とにかくいまは安子は美和を崇拝している。倉持穂乃果が根っから女王体質であるとすれば安子は根っからの侍女体質なのだろう。誰かに寄りかかっていなければ安心できない。生きていけない。幼い頃は家族に寄りかかっていたけれど工場は倒産寸前、家庭も崩壊の予兆……。ということで高校では倉持穂乃果にべったりとくっつき、倉持穂乃果の威光を利用する形でクラスのなかで存在感を示し、辛うじて自己のアイデンティティーを保っていた。しかし安子は安子なりに、侍女は侍女なりに妙にプライドが高いので倉持穂乃果程度では寄りかかる対象として物足りなかった。倉持穂乃果は所詮は俗世界のなかで上位に位置するにすぎないのだ。だからより崇高な光を放つ美和の側に仕えるようになった。一神教のアナロジーで説明するとユウちゃんが神で美和がそのメッセージを受け取るモーゼ、そして安子はモーゼの顔色を窺い、その教えに従うユダヤの民だ。もっとも安子はただ教えに従うだけでなく、無い頭を使ってあれこれとアイディアを出してきた。七月の中旬には「もうこれしかない」とでも言いたげに一冊の大学ノートを携えて美和のもとにやってきた。

「これ、見て」

大学ノートの表紙には「崇拝の書」と記されている。「美和への憧れの気持ちをいっぱい書いてきたよ」と安子は言った。

美和はパラパラとページをめくった。顔に似合わない端正な文字で美和への称賛の言葉がびっしりと綴られている。

「安子って、字、上手いんだね」

「ありがとう。わたしなんて何の取り柄もないけどさ」

字だけは自信があるんだよね。ずっとお習字を習ってたし」

「ひとつ取り柄があるだけでもたいしたものじゃない」

「ありがとう」安子は微笑み、それから勢いこんで言った。「最後の文章を読んでみて。ほら、ここ」

安子が短い指でなぞった文章を美和は読んだ。

わたしは美和にすべてを捧げたい。美和によってたったひとつのこの命を奪われたい……。

「これ、どういうこと。わたしに殺されたいってこと?」

「さすが美和、察しがいいね。ずっとわたしたちは仲良しだった。親友同士だった。

でもある日いきなり美和がわたしを殺すの。これ凄いインパクトがあるよ」

安子は微熱に浮かされたように如何《いか》にそのアイディアが独創的かを語ったが、美和は安子の頭のできの悪さに発熱しそうだった。ちょっと褒めてあげたら、その直後にこれだ。あんまりガッカリさせないでほしい。

「でも似たような事件が実際にあったよね」と美和は言った。「親友だった女の子同士の片方がもう片方を殺すっていう」

「そうなの？」安子は呆けたような顔で言った。

「そう、あったの。こういう事件は、現実に、もう既に」

誰かの犯罪を模倣することほど美意識を欠く行為はない。ファイナルプランが他人の模倣では美和の矜持《きょうじ》が損なわれる。第一、それではユウちゃんに顔向けできない。

「そっか、ダメかあ」

安子は名残惜しそうに「崇拝の書」をみつめている。やっぱりこの子はどうしようもない薄鈍《うすのろ》なのかもしれない。いささか足手まといに思えてきた。

「ファイナルプランの概要についてはもうわたしのなかでだいたい固まってるの。あなたはわたしの言う通りに協力してくれればいいの」

「えっ、ほんと」安子の表情がぱっと晴れた。「教えて、教えて、どんなことをやるの？」

「あのさ、安子。これって遊びじゃないのよ。わかってるの?」

「わかってるよお」

本当にわかってるのかこいつはと思いつつ、美和は女王の威厳をもって安子に告知した。「ちょっとまだ早いかもしれないけど、大まかな内容は知らせておいてあげる。あなたにやってほしいこともあるから」

17

親愛なる兄へ

お元気ですか?

ついさっきとても愉快なニュースを目にしたので、さっそくペンを取っています。兄さんは桃井賢志郎というシンガーソングライターを知ってますか? そのむかし「ビストロ・ブロークンハート」という曲をヒットさせた、いわゆる一発屋の歌手です。その桃井賢志郎がこのまえ錬成館に講演に来ていました。著名人を学校に呼んで話をさせ、通常の高校生活では味わえない刺激を生徒に与えるという渡瀬の肝いりの企画です。この企画には「夢授業」という阿呆《あほ》みたいな名前がついています。

桃井賢志郎は、「ビストロ・ブロークンハート」をヒットさせたあと、次のヒット曲がなかなか生み出せず、プレッシャーから覚せい剤に手を出して落ちるところまで落ち、一時は自殺まで考えたけど渡瀬と知り合い、渡瀬が経営する「パース・ポポロ」で雇ってもらい、更生の道を進めた、渡瀬には感謝してもしきれない……みたいな話をしていました。栄光と挫折、人との出会いによる再出発という、まあありがちな話です。

そして今日の朝、桃井賢志郎がまたしても覚せい剤に手を出して逮捕されたというニュースが報道されたのです。ぼくは思わず吹き出してしまいましたよ。「夢授業」で涙ながらに語った美談は何だったんでしょうねえ。渡瀬の面目は丸潰《つぶ》れです。桃井賢志郎逮捕のニュースは各局の芸能コーナーで大々的に報じられていましたが、渡瀬がコメンテーターを務める番組ではスルーでした。番組のプロデューサーが渡瀬に気を使って桃井賢志郎の件には触れないでおくということにしたのでしょう。もちろんプロデューサーが渡瀬に気を使うのは渡瀬がコメンテーターとして優れているからではなくて、「パース・ポポロ」グループがテレビ局の大口のスポンサーだからに決まっています。渡瀬ご自慢の「夢語録」に三項目くらい新たな信念を追加したほうがいいんじゃないでしょうか。

「金の力にものを言わせろ」

「不都合な事実にはダンマリを貫き通せ」

「シャブ中芸能人にご用心」

やさしい先生たちをクビにした渡瀬に天罰が下ったようで今日は実に気分がいいです。この勢いに乗って前回留保しておいた「A・A同盟」の結末についても書こうと思います。兄さんは勘が鋭いから、そこはかとなく真相に気づいていたかもしれないけど、そうです、「A・A」とはそれぞれアンネ・フランクとアドルフ・ヒトラーの頭文字なのです。「A・A同盟」は現代に甦《よみがえ》ったアンネ・フランクとアドルフ・ヒトラーがある計画を実行するSF小説なんですね。

許諾をしたわけでもないのに勝手に日記を出版されたアンネは怒り心頭に発していて、K町に存在する「アンネの日記」をすべて回収し、燃やし尽くします。K町のK公園で膨大な冊数の「アンネの日記」が燃焼するシーンは圧巻でした。それからアンネは、自分が書いた日記のなかから公開しても差し支えない部分だけを抜粋し、納得いくまで推敲《すいこう》した「ネオ・アンネの日記」を完成させ、出版します。「ネオ・アンネの日記」はたちまちベストセラーとなり、アンネは膨大な印税収入を得ます。そしてその収入を元手に出版社を立ち上げるのです。この出版社の名前が「A・A同盟」です。株式会社「A・A同盟」が長らく禁書になっていたアドルフ・ヒトラーの「わが闘争」を発行するところで物語は幕を閉じます。

プライベートな日記を勝手に公にされたアンネ・フランク。広く世に問おうと精魂込めて書き上げた啓蒙書《けいもう》（？）が発禁処分にされたアドルフ・ヒトラー。書物に関して不快な思いをさせられていた二人のヨーロッパ人が手を組んでその不快感を解消させようと手を組み、その試みは成功するというお話でした。

さて、このシュールな寓話《ぐうわ》はいったい何を意味しているんでしょうか。ぼんやりと霧がかかったような幻想的な雰囲気の物語なので、そこに込められているメッセージを理解するのは容易ではありません。ただぼくとしては「どんなに犬猿の仲といわれる二人でも状況しだいでは固い絆で結ばれ得る」という前向きな教訓が含意された物語ではないかと解釈しています。先入観に基づいてお互いを嫌ったり、いがみ合ったりしていても、信念や価値観を共有したり、同じ哀しみを味わったり、共通の目的に向かって力を合わせたりしているうちに深い相互理解が生まれる。そうなれば大嫌いが大好きに変わることも十分にあり得る。そのようなヒューマニズム精神に溢れた物語を紡ぐために、あえて歴史上最も相容れないと思われるアンネ・フランクとアドルフ・ヒトラーの二人を主役に据えたのではないか……。

本を閉じたぼくは「ぼくと平林のあいだに共通点はあるだろうか」と考えました。探せば何かみつかるかもしれません。

18

みなさん、こんにちは。倉持です。

いやあ、今日は暑かったですね。今年初の猛暑日で最高気温は三十六度に達したそうじゃないですか。倉持がメガホンを握りしめていた時間もそれくらい気温が高かったのかなあ。

おっと、メガホンを持っていたといっても倉持は映画を撮影していたわけではありませんよ。ただ、映画以上のドラマに熱狂していました。七月三日の午後。神宮球場の三塁側スタンド。照り付ける太陽。倉持はメガホンを持ち、声を枯らして野球部を応援していたのです。結果は――倉持の瞼《まぶた》が雄弁に語っています。涙で腫れている瞼が。わたくし倉持は一日で一生分の涙を流したかもしれません。

わが校の野球部は名の知れた強豪校というわけではありません。甲子園なんか夢のまた夢。それどころか初戦敗退が常連の弱小校です。まあ部活というよりサークルに近い、趣味でみんなが集まっているような野球部でしたから、そもそも勝つことには全然執着してなかったんですけどね。ひとつでも勝てれば儲《もう》けもの。現実的な目標はコールド負けを避けること。仮にコールド負けになるにしてもラグビーの試合と間違われるような大差にはしないこと。だったら出なけりゃいいじゃないかと言われそうですが、やっぱり神宮球場でプレーするのは楽しいし、記念にもなるからとりあえず出場だけは欠かせない。参加することに意義がある。そんな情けない部だったんですよ。今年の春までは。

でも渡瀬理事長が野球部を根本的に生まれ変わらせました。渡瀬理事長ご自身、大の野球好きで、時々グラウンドに足を運んでくださっていたらしいんですね。それで負け犬根性が染みついた野球部のナインに喝を入れたそうなんですよ。

「最初から負けるつもりでやるなら大会には出させない。そんなんじゃ出ても意味がないし対戦相手にも失礼だ。やるからには勝つつもりでやれ。甲子園に行くつもりでやれ。仮に一回戦で負けたとしても、優勝するつもりで試合に臨んで結果的に一回戦で負けるのと、最初から勝つつもりがなく適当にプレーして一回戦で負けるのとでは全然意味が異なる。負けるなら後々に何かが残る負け方をしろ」

いつもながら渡瀬理事長のお言葉には説得力があります。人生を全力疾走で駆け抜けてきた、そして現在も走り続けている理事長のご経験に裏打ちされた、魂のこもった言葉なので聞く人の心を動かすんですね。ちなみに渡瀬理事長によれば人間が語る言葉は四種類に分類されるそうです。ひとつは他人を傷つける言葉。ひとつは他人に何の影響力ももたらさない言葉。ひとつは他人を楽しませる言葉。ひとつは他人の心を動かす言葉。倉持が口にできるのはせいぜい他人を楽しませる言葉くらいですけど、渡瀬理事長のお言葉はビンビン胸に響くんです。人間の性格や考え方を変革させる力があるんですよ。

倉持は野球部の練習を見学したりはしないんですけどね。彼らの練習に取り組む姿勢が変化したのは生徒会室にいてもわかりました。なにせ生徒会の副会長である清野くんは野球部のエースでもあるので、彼を見ていれば野球部全体がどういう状態なのかはだいたい想像がつくんです。昨年度まではそりゃひどいものでしたよ。放課後は生徒会室でトランプばっかりやっているんですから。

「練習は？」

「いや、今日寒いし」

「何それ？　野球部員が寒いからって練習サボるなんて」

「ストーブが効いているこの部屋から出たくない」

「もお」

「それに練習したって勝てないものは勝てないからな。野球名門校の連中なんか凄いんだよ。高校生なのにプロ野球選手みたいな体をしてるもん。食べるのもトレーニングのうちだとか言って昼飯は丼で三杯くらいおかわりするらしいぜ」

「だったら余計に練習しないと勝てないじゃない」

倉持はそう叫んで清野くんのお尻を引っ叩き、無理やり練習に行かせるんですけど、五分もしないうちに戻ってきて言うんですよ。「他の部員も来てなかったよ。今日は寒いもんな」

一年中ずっとこんな調子で、きっとうちの野球部は日本一情けない球児の集まりだと呆れてたんですよ。倉持がいくら励ましたってやっぱり全く響かないんですね。悲しい哉。

でも今年の五月からはひたすら練習、練習。「今日は生徒会の総会があるんだけど」と言っても「悪い。おれ欠席ってことにしといて。ロードワークに出るから」と部室に直行です。「ロードワークって何?」と倉持が訊くと、「長い距離を走って下半身を鍛えることだよ」と面倒くさそうに答えます。それで「腕で投げるのに下半身も鍛えなきゃならないの?」と食い下がると、「お前に説明するのは時間の無駄だ」とか言って倉持の質問を半ば無視ですよ。

どうせ倉持は野球のことなんて何にもわかりませんよ……と口を尖《とが》らせて拗《す》ねたいところなんですけど全然悪い気はしなかったんですね。それどころか眩《まぶ》しかったです。目をキラキラと輝かせて全力で野球に打ち込んでいる清野くんが。そのようにして二か月が過ぎ、三年生にとっては最後の大会になる今日の試合に臨んだというわけです。野球部の応援も「夢授業」の一環なので通常の授業は中止。全校生徒が大挙して神宮球場の三塁側に陣取りました。相手はどこかの大学の付属校で、名前の印象からはあまり強そうにないなと倉持は思ったのですが、高校野球に詳しい同級生の話によると都内で屈指の強豪校だそうです。

野球のルールを知らない倉持はしばしば的外れな反応をしてみんなに注意されました。バッターの清野くんがボールを凄く遠くに飛ばしたのでキャーキャーと大喜びしていたら「あれはセンターフライといってアウトの一種なんだよ」と諭されたり、一度もバットを振らないでとぼとぼと一塁に走っているうちの選手を見て叱咤激励するつもりで「こらあ、何やってんだあ、しっかりしろお」と叫んで、「いや、あれはフォアボールといって一塁のランナーになれる行為だから、ええと、要するにうちのチャンスになったんだよ」と教えられたりしました。

そうやってみんなを失笑させてしまうような失敗ばかりの倉持でしたが、でも燃えましたねえ。体中が熱くなったのは気温のせいばかりじゃなかったはずです。みんながひたむきにプレーしているのを見ているとね、応援しているこっちまで力が入ってくるんですよ。それと同時にイニングが進むにつれ（試合が進行していくことをこんな風に表現するのも今日知りました）、なんだか寂しく、切なくもなってきます。ああ、もうすぐ試合、終わっちゃうんだなって。そしてこの試合を最後に清野くんたち三年生の高校野球生活も終わりなんだなって。

試合はね、例年どおりコールド負けだったんです。スコアは14対ゼロ。そりゃね、赤の他人からしたら大差がついたつまらない試合だったかもしれないし、甲子園を視野に入れている相手のチームからしたらウォーミングアップみたいなものだったかもしれない。でも野球部のみんなはどれだけ点差が開いても諦めていなかったし、倉持もゲームセットの瞬間まで奇跡を信じていたし、結局錬成館が負けて本気で悔しかったし、悔しかったけど頑張ったみんなには心を揺さぶられたし、もう彼らの試合は見られないのかと思うと胸が締めつけられたし、そんなこんなで気がついたら涙がボロボロ流れていたんです。傍から見ると馬鹿みたいなのかもしれないですけどね。ふつうに考えたら号泣するような試合じゃないのはわかるんですよ。地方大会の一回戦で一方的にコールド負けしたチームの生徒がなんでボロボロ涙流して泣いているんだよって話ですから。でもね、倉持的には他人にどう思われても恥ずかしいとは感じなかったんですよ。笑いたいなら笑えって開き直って、胸を張ってハンカチを濡《ぬ》らしていました。三塁側のスタンドで泣き、引き揚げる清野くんたちに声をかけて泣き、帰りの電車のなかで泣き、帰宅して自分の部屋でまた泣く。そうしてようやく感情の高ぶりが鎮まりました。

倉持はこの先、何年経っても折りにふれて今日の試合のことを回想すると思います。そして心地の良い郷愁に浸ると思います。だからそんな素晴らしい想い出を作ってくれた錬成館高校のナインにこの場を借りて感謝の言葉を送りたいんですね。

「胸が熱くなる試合をありがとう。感動した。みんな、格好よかったよ！」

第七章　夏

19

大嫌いな夏がやってきた。夏。人々がだらだらと汗をかく不潔な季節。高校野球、夏祭り、野外コンサートなど能天気な人間がバカ騒ぎをするための暑苦しいイベントが目白押しの季節。ただでさえ醜悪な人間のエッセンスが暑さによってさらにギュッと凝縮される季節。それが夏。今年の夏が美和にとって最後の夏になる。それがせめてもの救いだ。窓の外で祭囃子《ばやし》が聞こえる。この辺りの商店街が毎年催している祭りである。二年前、おもてを歩いていてたまたま山車《だし》とすれ違ったことがあった。山車を曳《ひ》いている男たちのふんどし姿があまりにも気持ち悪くて吐きそうになった。そして実際に吐いた。目についた小さな公園にとっさに駆け込み、花壇のそばで吐いた。赤い花が揺れていた。

七月二十五日、美和は安子を電話で呼び出した。待ち合わせ場所は水道橋駅。錬成館高校の最寄りの駅だ。安子はロシア文字のロゴの入った群青色のTシャツに襞《ひだ》のついたミニスカートで精一杯おしゃれをしていたが、やはり「精一杯」という感は否めない。結局のところ美しい者はなにを着ても美しいし、そうでない者はなにを着てもそうでないのだ。美和は制服を着ていた。

「珍しいねえ、美和から電話をもらえるなんて」

「ちょっと用事があってね」

「なになに」

「とにかく行こう。あなたに頼みがあるの」

　美和は安子を従え、デジタルカメラを持って秋葉原に向かった。電気屋の群れが昼間からけばけばしく電飾を光らせ、どう見てもアイドルには程遠いルックスの女たちがそれでもアイドルになろうと奇妙なコスチュームを着て愛想を振りまいている。そのような哀れなアイドル志望の醜女たちが利用する撮影スタジオが秋葉原には無数にある。そのうちのひとつの、コンクリートの壁で囲まれた無機質な撮影室を美和は借りたのだ。

「わたしをインタビューして。このカメラで撮影しながら」

「インタビュー？」安子は間の抜けた反応をした。

「そう。さっそく始めよう」

「インタビューって言われても。何を訊けばいいの？」

「なんでもいいわよ。他愛もないことで。読んだ本の感想とか。とりあえず映像を残しておくことが大事なんだから」

　この三日前、神奈川で二十一歳の女が同い年の恋人に殺される事件が起きた。その女は別れ話のもつれという凡庸な動機で殺されたのだ。それだけでも十分にみっともないのだが、それ以上に殺された女の写真が悲惨だった。あるニュースではプリクラで撮った小顔の可愛い写真が公開され、別のニュースでは高校の卒業アルバムに写る下膨れの顔の写真がテレビ画面に映された。ふたつの写真には別人のような差があった。要するに写真はいくらでも修正がきくのだ。逆にいえば美しい顔は三次元の映像として残しておかないと意味がない。写真だけを見て、どうせ修正してるんでしょ、などと思われては心外だ。

「ここで撮った映像をネットで流しておく。日本中を騒がせた容疑者の犯行前のインタビュー。ファイナルプランを遂行しわたしが容疑者になったら、日本中の野次馬がその映像に喰いつく」

「ということはわたしの顔も映っちゃうの？」

「そりゃそうよ。いや？」

安子はお得意の胸の前で両手をひらひらと揺らすポーズを見せた。「わたしはダメ、ダメ、顔には自信がないから」

美和は少し考え込んだ。「じゃあ画面に映らないようにカメラの向こうで質問をして。声だけの出演ってことならいいでしょ。あなた、声はチャーミングだもの」

「まあね」安子は漫画チックに胸を張った。長いあいだ倉持穂乃果と友人だった後遺症がまだ残っている。

　とにかくインタビューを始めた。

「どうもこんにちは」と安子が言った。

「こんにちは」

「こちらが錬成館高校三年F組の平林美和さんです。美人さんです。いま気分はどうですか？」

「まあまあです。外は暑いけどここは涼しいので」

「たしかに今日もひどく暑いですよね。暑いのは嫌いですか？」

「嫌いです。他の多くの嫌いなもののうちのひとつです」

「では他に嫌いなものをいくつか挙げていただけますか？」

「いまだにサングラスを頭の上にのせるのがお洒落《しやれ》だと思っている女。サブカルチャーが大好きそうな、ハットをかぶっている小太りの男」

「ハハハ。いますよね。そういうやつ。ところで美和さんは休みの日は何をしていますか？　というよりこれからわたしたちは夏休みで毎日が日曜日みたいなものなんですけど」

「とくに何もしていません。家でぼおっとしています」

「プールに行ったりはしないのですか？」

「プールや海もまた、わたしが嫌いなもののリストに含まれています」

「男の子とデートをしたりはしますか？　美和さんはかなり男の子のあいだで人気があると推察されますが」

「しません。苦手なので」

「男の子が苦手なんですか？」

「男子というより男性ホルモンが」

「なるほど」

こんな風にインタビューは進んでいった。安子はなかなか優れたインタビュアーだった。センスの欠片《かけら》もない薄鈍だと思っていると、ときおり意外に有能な面を垣間見せる。

「美和さんは本がお好きだと聞きましたが。どんな本が好きですか？」

「『A・A同盟』」

「『A・A同盟』？　誰の本ですか？」

「作者は不明です。でもとても興味深い本です。学校の図書館に三冊在庫があります。」

美和は「A・A同盟」の内容をかいつまんで説明した。美和がユウちゃんと共同で完成させ、専門の業者に三冊だけ製本を頼み、勝手に学校の図書館に寄贈した本だ。

ファイナルプランによって日本中の人々の耳目が美和に集まり、このインタビュー映像が閲覧されるようになると、「A・A同盟」を読みたがる人間があとを絶たなくなるだろう。それもまた悪くない。

「わたしもその本、読んでみたくなりました」

「是非」

「ではそんな読書好きの美和さんの将来の展望をお伺いしたいのですが」

「わたしに将来はありません」

美和は狭苦しいこのコンクリートの部屋と広大な富士の樹海との対比に思いを馳《は》せた。

空前絶後の犯罪を成し遂げたあと美和は樹海に消える。美しい姿を映像のなかだけに留め、煙のようにこの世から姿を消すのだ。美和の映像を目に焼きつけた大衆は、もっと美和のことを知りたい、もっと美和の姿を見たいと飢餓感を煽《あお》られるだろう。輝きというのは惰性で引き伸ばすべきものではない。一瞬の煌《きら》めきのうちに凍結させておくべきものだ。不在によって演出される抒情性《じょじょうせい》に勝るものはない。

インタビューは三十分ほどで切り上げた。創作物として完結する程度には長く、もっと見たいと欲するほどに短い。三十分はちょうどいい時間だった。

「では、平林美和さんへの第一回のインタビューを終わります。お疲れさまでした」

「お疲れさまです」

「二回目のインタビューはいつになりますか」

「二回目はありません」

20

親愛なる兄へ

お元気ですか?

ぼくは学校が夏休みに入ったのでもっぱら和久井ゼミナールの夏期講習に通う日々です。

昨日、友だちの水城が平林の家庭環境を教えてくれました。ちょっと衝撃的でした。伝聞や噂話に基づく情報なので水城が語っていたことが全部事実とは断定できないのだけど、もし事実だとしたら救いようがない話です。

かいつまんで言うと平林は義父から性的な暴行を受けていたらしいんです。平林の実父はすでに他界していて、平林が小学校の高学年の頃に母親が再婚した。平林にとっては義父にあたるその男は結婚後ほどなくして家庭内で暴力を振るうようになった。

平林本人には性的な暴行を、母親と弟には物理的な暴行を加えた。弟は義父の暴行によって死亡したそうです。

「平林はその男と今も一緒に住んでるのかな?」とぼくは訊きました。

「住んでないでしょ。そいつ逮捕されて実刑判決を食らっているから。たぶんいまも刑務所のなかだよ」

「あっ、そうか」

「とはいえ罪に問われたのは弟への傷害致死だけだったらしいから、そんなに刑期は長くないのかもしれない。もしかしたらもう出所しているのかも」

平林の厭世的な態度は思春期の病の表れに過ぎない……。ぼくはずっとそう思っていました。しかしどうやら現実を見誤っていたようです。平林が何事にも投げやりで無気力に見えるのは深刻な心的外傷のせいなのでしょう。もしそうだとすると残念ながらちょっとぼくの手には負えません。

心理学を専攻していた和久井ゼミナールの塩崎先生によると、他人から理不尽な暴力を受けた者は「破壊衝動」を抱く傾向があるそうです。「なにもかも滅茶苦茶にしたい……」みたいな衝動ですね。そのような破壊衝動が肥大化すると当然、厄介な問題が起きる。肥大化してコントロール不能になった破壊衝動が他人に向かえば殺人を犯すことになるし、自分に向かえば自殺をします。他人にも自分にも向かった結果、誰かを殺して自殺をするというケースもある。
……暗澹《あんたん》たる気持ちになってきました。
ぼくはただ静かに祈るばかりです。平林が「破壊衝動」など抱いていないことを。

21

みなさん、こんにちは。残暑厳しいなか興奮に身悶《もだ》えしている倉持です。

えっ？　なんでそんなに興奮しているかって？　実はですねえ。んっ？　べつに理由なんて訊いてないって？　いやいや、訊かれなくても答えちゃいますよ。なんと、ですね。なんと、なんと、あの星村先生がわが校に講演に来てくださることになったのです。来月の三日に。こんな素晴らしい決定を前にして興奮せずにいられるかって話ですよ。前にもちょっとこのブログで触れた記憶がありますけど、星村先生ってどれだけ忙しくてもインタビューや講演の依頼は断らないそうなんですね。星村先生自身、少女時代から無類の読書家で、好きな作家さんのインタビュー記事を楽しみにしていたらしいんです。インタビュー記事を読むと大好きな作家さんが身近に感じられて嬉しかったそうなんですね。そういうご経験があるからご自身が作家になられたあとは積極的にインタビューや講演依頼を受けられているということです。ありがたいことですよねえ。かつて星村先生が大好きな作家さんを身近に感じておられたように、現在はわたくし倉持が先生のことを身近に感じているのです。倉持は先生の新刊だけでなくインタビューも漏れなくチェックしていますからねえ。まるで先生のストーカーのように。うっふっふ。

先日読んだある文芸誌のインタビューでは先生が受験生だった頃の思い出を語られていました。言うまでもなく先生にも受験生だった時代があって、倉持も目下高校三年生でばりばりの受験生なので、いつも以上に先生に親近感を覚える内容でした。でもその半面、やっぱり星村先生は凡人の倉持なんかには及びもつかない感性をお持ちなのだなあと感嘆のため息を漏らしてしまいました。というのはですね、先生の受験勉強の方法が凄いんですよ。本を読むのが大好きだった先生は国語はわざわざ「受験勉強」をしなくてもいい点数が取れたそうです。それから読解問題が中心の英語も「文章を読む」ということには変わらないから、基礎的な文法と単語を覚えたあとは得意科目になったそうです。まあそれはいいとしてですね。倉持が感銘を受けたのは世界史の勉強方法なんです。それはもう、のちに作家になられる星村先生ならではの方法なんです。いや、あれを「勉強方法」と呼んでいいのかさえもわからないですけど。

星村先生によれば歴史は「勉強する」ものではなく「感じる」ものだそうです。それでどうするかというと、教科書を開いて適当な人物に成り切るそうなんですね。例えばフランス革命について学ぶ際はマリー・アントワネットに、クリミア戦争について学ぶ際にはナイチンゲールに、ナチスの台頭について学ぶ際にはアンネ・フランクに——という風に。誰かに成り切るとその時代が発する匂いや、街の色彩、さらには人々の息遣いまで感知できる。そうすると殊更に勉強しようとか覚えようとかしなくても自然に歴史的な事実が身に付いていく。

なるほどそうか！

頭の上で電球がピカッと光ったような状態になった倉持。さっそく自分でもやってみましたよ。百年戦争について学ぶためにジャンヌ・ダルクに成り切ろうとしてみたんです。でもダメでしたね。人々の息遣いも街の色彩も時代が発する匂いも丸っきり感じることはできませんでした。やっぱり星村先生と倉持とでは感受性の鋭さや想像力の豊かさが全然ちがうんですね。哀しい……。とりあえず倉持のような凡人は哀しみをこらえて愚直にコツコツと教科書の文字を暗記するだけです。

あと先月の夕刊紙のインタビューで星村先生はこんなことをおっしゃっていました。「未来のある若い子たちが自ら命を絶つなんていうニュースを目にすると心が痛みます。日常生活のなかでほんの些細なことでもいいから楽しみを見つけて明日の希望にしてほしい。他に何をやってもいいけど、自殺だけは絶対に禁止です」

どうですか？　素晴らしい言葉だと思いませんか？　こういうことって言おうとしても案外言えないものだと思うんですよ。素直に心に沁みる、純粋で真っすぐなメッセージって。どうしても恥ずかしがったり、照れてしまったり、頭がいいと思われたくて見栄《みえ》をはったりしてしまいがちですからね。難しい言葉を使って屁理屈《へりくつ》をこねるのは簡単なんですよ。この前、図書館でちらっと目を通した本に「自分の命は自分のものなんだからそれをどう扱おうが自由だという考え方も理論的にはあり得る」みたいな文章が書いてあったんですけど、なんなんですかね、ああいうのって。虚無的な意見を述べるのが知的だと勘違いしてるのかな。著者の名前は忘れてしまいましたが、ああいう文章を平気で公にできる無神経な人は星村先生の爪の垢《あか》でも煎《せん》じて飲んでほしいですよ、ほんと。そうして「自殺は絶対にダメ」と言い切れる星村先生の強さと気高さの何パーセントかでも身に付けてもらいたいものです。

というわけで――どういうわけだかよくわかりませんが――星村先生の新作「烈愛」をご紹介しようと思います。とにかく本日のブログは星村先生ざんまいなのです。イェイ。「烈愛」は本の帯に「星村しおり・初期の代表作」と銘打たれているように星村文学の金字塔ともいえるような大傑作です！　倉持は発売当日に即購入し、登場人物に感情移入しながらぐいぐいと物語の世界に引き込まれ一晩で一気読みしてしまいました。

「烈愛」の主人公は藤崎《ふじさき》ミズハさん。シャンソンとフランソワーズ・サガンをこよなく愛する繊細な女の子です。ただミズハさんは出生の秘密とでもいうべき過去を背負っています。じつはミズハさんは大臣経験もある大物政治家の愛人の娘さんなんですね。そのことは公にはなっていなかったのですが、ミズハさんが高校二年生になったある秋の日、週刊誌の暴露記事によってミズハさんの家庭の事情が全国に知れ渡ってしまいます。そして「愛人の子」というクラスメートたちの心ない中傷によって繊細なミズハさんの心は深く傷ついてしまうんです。もうこれ以上は耐えられない、死んでしまいたいと思い詰めるミズハさん。でも翌年の二月に救世主が現れます。それがとなりのクラスの蒼井《あおい》ヒナタくんです。ヒナタくんはスイーツが大好きなちょっとナイーブな男の子。パティシエを目指して日々洋菓子の研究をしています。いつも文庫本を開いている物憂げなミズハさんの美しさに惹かれていたヒナタくんは二月十四日の水曜日、「これ、食べてみて」とだけ言って手作りの苺《いちご》タルトをミズハさんに差し出します。この小説を読むまで倉持は知らなかったんですがバレンタインデーで女の子から男の子に愛の告白としてチョコレートを渡すのは日本独自の習慣なんですってね。欧米諸国では男性が恋人や奥さんに日頃の感謝の印として花束やカードをプレゼントするのが一般的だとか。なんだかロマンティックですよねえ。大好きな恋人から花束をもらって「いつもありがとう。愛しているよ、穂乃果」なんていうメッセージカードが添えられていたらもう「キャーッ」って感じですよねえ。でも倉持には現在特定の恋人はいないので、たとえ明日がバレンタインデーだとしてもそんな素敵なプレゼントはもらえる見込みはありません。とほほ。そんな寂しい状況を考えると女の子からの告白の機会が保障されている日本方式も捨てがたいような。う〜ん――ってあれ？　完全に話が逸《そ》れてしまいました。話をもとに戻すと、ヒナタくんがミズハさんに苺タルトをプレゼントした二月十四日から二人の交際が始まります。ヒナタくんは言葉を尽くしてミズハさんを慰めるようなことはしません。ただひたすら自作の洋菓子をミズハさんに提供し続けるんですね。そのあたりの慎ましく抑制された雰囲気がなんとも言えずいい感じです。そしてなによりもヒナタくんが作る洋菓子が美味しそうなんですよ。ガトー・ショコラ、レア・チーズケーキ、アカプルコ、エクレア、ミルフィーユ、モンブラン、キャスケット、アーモンド・パイ、バターシュークリーム、マンゴープリン、ブリヤン・ショコラ。食いしん坊の倉持はストーリーを追いつつも涎《よだれ》が止まりません。久しぶりに駅前の洋菓子屋さんに行って大好物の苺のショートケーキを買って来てぱくぱくと食べてやるぞと舌なめずりをする倉持なのでした……って、またしても話が逸れてしまいました。大傑作の「烈愛」を読んだ興奮冷めやらぬ状態でこの文章を書いているので気合いが空回りして内容が支離滅裂になってしまいそうです。いかん、いかん。落ち着け、倉持。というわけで再び話をもとに戻して、とにかくヒナタくんが心を込めて作った洋菓子が傷ついたミズハさんの心を癒していくんですね。卒業後、ミズハさんはシックな女子大の仏文科に、ヒナタくんは洋菓子の専門学校に進みます。そしてその二年後、ヒナタくんは本場の洋菓子を学ぶためにフランスへ旅立つことになるのです。旅立ちの一週間前、ヒナタくんは「ミズハが大学を卒業したら一緒になろう」とプロポーズをしてミズハさんはそれを受け入れます。ところがその週の火曜日、思わぬ障壁がふたりの間に立ちはだかります。ヒナタくんの父親が手切れ金を携えてミズハさんのアパートに現れるんです。というのはですね、ヒナタくんの実家は江戸時代から続く由緒ある老舗《しにせ》の和菓子屋さんなんですよ。それでヒナタくんの父親は冷酷にミズハさんに告げます。「息子はいまは洋菓子作りに現《うつつ》を抜かしているが、いずれは和菓子職人としてうちの店を継いでもらうことになっている。そのおりには然るべき伴侶を迎え入れなければならない。健全な家庭に育った出自の卑しくない女性を。わかりますね」と。つまり愛人の娘なんて息子の嫁にふさわしくないから別れてほしいと要求するんですよ、ヒナタくんの父親は。もうね、倉持だったらこんな身勝手な偏見を持った父親なんて思い切りぶん殴ってやりますけどね。でも倉持と違って繊細で奥ゆかしいミズハさんはひとりで傷つき悩みます。そしてとうとうヒナタくんに相談することもなくひっそりと身を引くことを決意するんです。空港での別れのシーン。ヒナタくんとミズハさんの気持ちはすれ違っています。ヒナタくんは一時的に遠距離恋愛になるだけだと思っているのに対して、ミズハさんは今生の別れだと覚悟している。それだけに空港での抱擁のシーンが切ないんですよお。しかも機上の人になったヒナタくんを見送った傷心のミズハさんにさらなる悲劇が襲います。うつろな表情で街をさまよっている最中に交通事故に遭うんです。病院に搬送されたミズハさんは一命は取り止めますが、事故のショックで全ての記憶を失ってしまいます。ここでミズハさんの治療に携わるのが外科医の水本顕《みずもとあきら》さん。スキーとスキューバダイビングが趣味の快活な青年医師です。ミズハさんの儚《はかな》げで清冽《せいれつ》な美しさに惹かれた顕さんは次第に医師と患者という枠を超えてミズハさんに恋心を抱くようになります。顕さんの献身的な支えによって次第に記憶を回復させていくミズハさん。でもそれはヒナタくんの想い出がよみがえる過程でもあるんですね。ミズハさんには心に秘めた男の子がいる。そのことに顕さんも薄々気づくようになる。ミズハさんを愛し守りたいと思いつつ、ミズハさんの記憶が完全に元に戻るのを怖《おそ》れる顕さん。顕さんを頼りつつ心の奥底ではヒナタくんを求めているミズハさん。洋菓子修業に打ち込みながらも突然連絡が途絶えたミズハさんを心配し、ミズハさんへの愛しさに身を焦がすヒナタくん。東京とパリ、不完全な記憶と完全な記憶、本心と優しい嘘。さまざまな要素が重なり合って形成された壮大な三角関係はこのあと怒濤《どとう》の展開に……。いやあ、このままの勢いで結末まで話してしまいたいのは山々なんですけどね。やっぱりネタバレはよくないかなあ。でも、話したい。でも、みなさんにもまっさらな気持ちでこの傑作を味わってもらいたい。でも、やっぱり話したい……とまるで「烈愛」の登場人物のようにどうしようもないジレンマに悶絶《もんぜつ》している倉持ですが、ここはひとつ顕さんを見習い自分の気持ちをぐっと抑えて終盤の展開を明かさないように我慢しようと思います……って、こんなことを言うと結末を暗示してしまうかなあ。いやいや大丈夫。「烈愛」は結末が予想できるからといって読む価値が減じるようなやわな作品ではありません。それは実際に読んでいただければわかると思うので、みなさんも是非「烈愛」のページを紐解いて倉持同様に星村先生の切なくて美しい世界観にどっぷりと浸ってみてくださいね。

第八章　波乱

性懲りもなく「夢授業」とやらの第二弾が実施されるらしい。前回の「夢授業」は講演者の桃井賢志郎がのちに逮捕されるという傑作な結末に終わった。暑苦しい理想と足りない脳みそを足し合わせても失笑しか生まれないという典型的な例だ。とは言え、渡瀬幹男にしても倉持穂乃果にしても、第一弾の「夢授業」など最初から存在しなかったかのようにすっとぼけているのだが。

前回の轍《てつ》を踏みたくないのか、今回は作家を呼んでいる。星村しおり。錬成館高校の卒業生にして三文流行小説家。まあ「夢授業」の講師としては打ってつけかもしれない。この学校の生徒のレベルにぴったりの安っぽいメッセージを発信しそうだし、作家なら犯罪に手を染めて逮捕されることもないだろう。

流行作家であれ、通俗作家であれ、三文作家であれ、とにかく作家が来るということで文芸部の連中がやたらと気分を高揚させている。文芸部の連中。そう美和が「醜人」と呼ぶ冴えないカルテットだ。トカゲのような滝口。ヒラメのような春日部。水牛のような矢崎。岩石のような市川。それぞれ色んな物に似ているけれど、固まっていると何故か昆虫の群れに見える。そんな彼らが興奮してギラギラと異様な光を放っているものだから、まるで泥の川の水面《みなも》に浮かぶ死にかけの蛍のようである。

講演会は十月三日に行われた。その日の授業は午前中で打ち切られた。いちいち授業を打ち切る必要はなく放課後にやれば済む話なのだけど、星村しおりの講演会は渡瀬幹男肝いりの「夢授業」の一環なので、午前中で授業を打ち切るという演出が不可欠なのだった。生徒会の面々は——というのはつまり倉持穂乃果の一派はということだが——その演出をさらに仰々しく盛り上げるべく、白地に赤い文字で「星村しおり先生講演会」と記されたけばけばしい横断幕を用意していた。昼休みのあと全校生徒は講堂に移動した。あるいは移動させられた。星村しおりは五分ほど遅刻をしてきた。直前まで校庭で遊んでいたと思《おぼ》しき男子たちが学校に到着したときの星村しおりの様子をささやき合っていた。

「なんかさ、すごいヒステリックにわめき立てていたぜ」

「なんで？　生理中で機嫌が悪いとか？」

「ちがう、ちがう。正門まで出迎えに来るスタッフがいないって脹《ふく》れっ面になってんの。社会人としての常識がどうだとか、こっちは忙しい時間を割いてわざわざ足を運んでいるとかぶつぶつ文句を言ってた」

「へ〜。何様？」

「さあね。何様なのかはこれからじっくり見極めよう」

美和は体を捻《ひね》ってヒソヒソ話をしている男子のほうを見た。同じ学年のサッカー部員たちだ。もちろん話したことはない。しかし悪くない感覚の持ち主のようだ。それにしても星村しおりはどうして腹を立てていたのか？　わたしのような売れっ子作家が来てあげたんだから職員一同が正門に整列して最敬礼で迎えるべきだとでも思っていたのだろうか。思っていそうだ。きっと思っていたにちがいない。

檀上では倉持穂乃果がハンドマイクを持っている。講演の議事を進行するためだ。アナウンサーになった気分を先取りして上機嫌なのだろう。いつも以上に浮ついている。司会者然とした口調で倉持穂乃果は言った。

「それでは星村先生にご登場いただきましょう。みなさん拍手でお迎えください」

いちおう拍手が起こった。星村しおりは檀上の左の袖から出てきた。軽く会釈をしながら檀の中央に歩を進める。目が隠れるくらいに伸ばした前髪。若作りをしようと塗り過ぎた頬紅。お姫さまにでもなったつもりなのか、無駄にふわふわした純白のフレアスカート。星村しおりには見る者を苛立たせる「何か」が備わっている。

「今日はよろしくお願いします。間近でお目にかかれて光栄です」と倉持穂乃果。

「こんにちは。こちらこそよろしくお願いしますね」

「星村先生はこの学校の卒業生でいらっしゃるということですけど」

「ああ、ちょっと。その星村先生っていう呼び方は堅苦し過ぎないかな？　わたしはファンの方にはだいたいしおりさんて呼ばれているんですよ。それどころか、わたしが幼く見えるからってしおりちゃんと呼ぶ年下のファンの方もいるくらい。でもわたしの本を愛読してくれるみなさんとは距離を置きたくないのでそんな風に呼ばれても全然嫌な気はしないいんですけど」

「じゃあ『しおりさん』でいきましょうか？」

「そうしてください」

「では、あらためて。しおりさんはこの学校の卒業生ということですけど、ひさしぶりに母校を訪れてみてどうでしたか」

「そうですね。意外と変わってなくてびっくりしましたね。でもとても懐かしいです。入学式では校門の桜が満開だったなあとか、いつも遅刻寸前でこの坂道を駆け上がっていたなあとか、あの自転車置き場で他のクラスの男の子からラブレターをもらったなあとか、中庭でボーイフレンドとおしゃべりをしていたなあとか」

「しおりさんはどんな女子高生だったんですか？」

「そうだなあ。どっちかというと内気で本ばかり読んでいましたね。そんなわたしに好意を抱いてくれる男の子が複数いたらしいんですけど、そういう男の子の気持ちには無頓着で、友だちに指摘されて初めて気づくってことが多かったですね。よく言われたんですよ。『〇〇くんて、しおりのことが好きなんだよ、気づいてないの？　しおりって本当に鈍感……』みたいな。でもはっきりと意思表示をしてくれないとやっぱり気づかないわよね」

「ははは。たしかにそうかもしれないですね」

「男子生徒のみなさん、好きな女の子ができたら男らしく堂々と告白しましょう」

星村しおりは生徒のほうに顔を向けて言った。会場を和ますための軽妙なトークのつもりなのだろうけど笑いは起きなかった。このときすでに会場は「ザワザワとした感じ」になっていた。登場から五分も経たないうちに星村しおりは生徒たちの神経を逆撫《さかな》でしたようだ。

「さて、これからしおりさんのお話をお伺いするわけですが」と倉持穂乃果は構わず段取りを進めた。「しおりさん、準備はよろしいですか？」

「何百人という母校の後輩を前に緊張して胸がドキドキしてますけど、少しでもみなさんのお役に立てるようなお話ができればと思います」

そうして星村しおりは演台のマイクの前に立ち「作家として、でも時々はひとりの女の子として」という珍妙な題名を冠した講演を始めた。演台に飾られた力士のように巨大な花瓶が間抜けな講演の題目とよくマッチしている。薄々は予想されたことだけど、星村しおりの講演は自慢話に次ぐ自慢話の連続だった。賞を取ったとか有名人に会ったとか（とりわけ後者）、その手の話が大好きなようだ。経験談を装った自慢話、苦労話を装った自慢話、教訓を装った自慢話、何をも装っていない自慢話。「自分の仕事は文章を書くことなので喋るのは苦手だ」と表明しているわりにはこの種の自慢話を語る星村しおりの舌はナメクジのように滑らかだった。やがて話は取材旅行でヴェネツィアに行ったときの体験に及んだ。イタリアでは日本人女性は人気があるので色んな男性に声をかけられまくってウンザリしたという真偽不明のエピソードを語ったあと、現地でパスポートを失くしたという失敗談を語った。

「わたしって文章を書く以外のことは本当に何にもできなくて、一人で放っておくと危なくてしょうがないってよく言われるんですよお」

このときユウちゃんの呆れたような声が降りてきた。（いるよね。こういう生活力のなさをアピールして少女ぶりっ子をする気色の悪いおばさん）

商業的な成功を収め金のなる木になった者はほぼ例外なく見え透いたおべんちゃらを真に受ける人間になるものだ。そして金のなる木へのおべんちゃらは概して本業とは別の側面に向けられる。おそらく星村しおりも「星村さんていつまでも少女みたいですね」などと一見茶化しているようで実は本人が一番喜びそうな言辞を弄《ろう》され、それをばっちり真に受けて実像とはかけ離れたセルフイメージを形成しているにちがいない。

講演は四十分ほどで終わった。檀の袖から倉持穂乃果が小さく手を叩きながら出てきた。満面の笑みをたたえて首を小刻みに縦に振っている。一挙手一投足がいちいち芝居がかっている。

「しおりさん、貴重なお話をありがとうございました」

「ふう。どうにか無事終えることができました。最初から最後まで緊張しっぱなしだったんだけど」

「いえいえ。素晴らしいご講演でした。それにしてもしおりさん、あれこれと波乱万丈だったんですねえ」

「まあ色々ありましたから」

「ヴェネツィアでの珍道中には笑ってしまいました」

「講演にはユーモアが必要でしょ？」

「しおりさんの作品は小説もそうですけど、エッセイ集なんかは特にどれもユーモアに溢れていますよね」

「ユーモアはわたしが文章を書く上で最も重視していることのうちのひとつです。人間、どんなに辛くても笑顔でいればなんとか乗り越えられますからね」

「同感です」倉持穂乃果は二度大きくうなずき、それから生徒のほうに体を向けた。

「それでは、ここから質疑応答に入りたいと思います。しおりさんに質問がある人は挙手をしてください。創作秘話からプライベートのことまで何でも答えてくださる

「……んですよね？」

「……」倉持穂乃果は星村しおりを見た。

「ええ。可能な限りお答えしますよ」

「では挙手をお願いします」

最前列で手が挙がった。髪の毛をツインテールにした、おそらくは一年生の女子だ。倉持穂乃果はその子を指名した。「はい。記念すべきトップバッターはそちらの方」。

生徒会の栗本《くりもと》が質疑応答用に用意していたマイクを回した。その子はおずおずと立ち上がった。

「あの、はじめまして。しおりさん」

「はじめまして」

「しおりさんの作品はエッセイも含めてほとんど読んでいます」

「ありがとう」

「どれも大好きなのですが、わたしのなかでランキング一位の『ミントブルーの恋』のことでいくつかお伺いします」

「どうぞ」

「あの物語の舞台はＤ町とされていますけど、モデルになった町はあるんでしょうか。わたしはなんとなく代官山なのかなあと想像しているんですけど」

「正解です。まえに三年間ほど代官山の３ＬＤＫのマンションに住んでいたことがあって馴染みがあったのでそこを舞台にしました。ただ架空のショップや実在しないバーを描き込んだりしているので、代官山みたいだけどちょっとだけ違う町ということでD町と記載しました」

「物語の中盤で桐嶋《きりしま》が『所詮、全ては半径三メートル内の出来事にすぎない』という台詞を呟くんですけど、あれはどういう意味なのでしょう?」

「それは物語のなかに書かれています」星村しおりは真顔で言った。「できれば再読してその意味を読み取ってください」

たいしたことを書いていない作家に限ってあんな風に変に含みを持たせるような言い方をする。それは物語のなかに書かれています……。あたりまえだよ。それ以外のどこに書かれているっていうんだよ。屋外便所の四方の壁に書かれているとでもいうのかよ。

そんな疑問をツインテールは露ほども感じないらしく、素直なのか無邪気なのか頭が正常に働いていないのか「わかりました。もう一度読み直してみます」と元気よく宣言し、さらにもうひとつ不毛な質問をした。「『ミントブルーの恋』では女子大生の香澄《かすみ》が准教授の桐嶋と不倫の関係になりますよね。あれはしおりさんの実体験を元に書かれたものですか?」と訊いた。

星村しおりは体を捩《よじ》りながら答えた。「そうですねえ。ふふふ。それはご想像にお任せします」

　ご想像にお任せされてしまった。ならば想像しよう。簡単に結論は出る。実体験に基づいてはいない。「ミントブルーの恋」だろうが何だろうが星村しおりの書くものはすべて実体験に基づいていない。こうだったらいいのになという欲望が描かれているだけだ。かつらをかぶったポルノ作家が書く願望充足エロ小説のようなものだ。

　最初の質疑応答で会場の「ザワつき」はより大きくなっていた。

（美和ちゃんも何か訊いてみれば）とユウちゃんが言った。

　ユウちゃんが名前を呼んでくれたのはひさしぶりだ。美和は迷うことなく挙手をした。

「おっ、わたしの友だちが手を挙げています」と倉持穂乃果が言った。「彼女はわたしのクラスメートで平林美和さんです」。倉持穂乃果が星村しおりに説明する。「美和は読書家だから訊きたいことがたくさんあるはずです。じゃあ美和、遠慮なく質問をどうぞ」

　マイクが回ってきた。

「それほどたくさん訊きたいことがあるわけではありません」と美和は言った。「星村さんに――あっ、わたしは星村さんのファンでも何でもないので、しおりさんではなく星村さんと呼びます。初対面の大人をファーストネームで呼ぶのは不自然ですから。星村さんに訊きたいことはふたつだけです。つい先日、星村さんが特集されている女性誌を拝見したんですけど」

「それはどうもありがとう」

「写真が傑作でしたね」

「写真？」

「星村さんが使っている定番の写真があるじゃないですか。ぐるんぐるんにウェーブがかかった髪に無理やりウェット感を持たせて、物憂げに斜め下に視線をやった女優さん気取りの写真が。そこで質問です。星村さんレベルの顔面であのようなナルシシズムに満ちた写真を公にする際に、どうやって恥ずかしさを克服しましたか？」

「そもそも雑誌や本の扉に載せる写真は自分で選ぶわけではありません。あなたがどの写真のことを言っているのかいまひとつよくわからないんだけど、おそらく専門のカメラマンさんがこの写真が一番しおりさんらしいからと選んでくれて、編集者さんも賛成してくれたから載せたんだと思います。だからナルシシズム云々はあなたの誤解じゃないかしら」

「そうですか。たしかにそうですよね。あんな写真を自ら進んで載せているとしたら相当に痛々しいおばさんってことになっちゃいますもんね。ではもうひとつ質問です。星村さんの『冷たいオルゴール』という作品が某テレビ局の開局五十周年記念としてドラマ化されましたよね。内容は例によってお涙頂戴のラブストーリーなので論外として、興味深かったのは放送前の番組宣伝です。星村さんは主演女優の方と並んで番組宣伝のインタビューに答えていらっしゃいました。そしてもちろんその様子もテレビで放映されました。わたしはたまたまその番組宣伝の放送を見たのですが、なんと言うか、おそろしくパンチ力のある映像でしたね。スレンダーな主演女優さんに比べて寸胴《ずんどう》の星村さん。顔の面積もざっと見積もって星村さんのほうが三倍くらい大きかったはずです。並んでいるとまさに月とスッポン、ダイヤモンドと牛糞、フランス人形と木彫りのタヌキといったありさまでした。そこでふたつ目の質問です。あの女優さんと並んでテレビに映ろうと思える勇気の源は何ですか？」

「わたしはひとりでも多くの人に『冷たいオルゴール』の世界観に触れていただきたくて番組宣伝への出演を承諾しただけです。だから特に勇気を必要とすることはありませんでした。テレビ画面に映ったのはほんの一部分ですが、主演の女優さんをはじめとして演出家やプロデューサーの方とはプロフェッショナルな者同士、お互いにリスペクトする面が多々ありました。すっかり意気投合してインタビューの収録のあとにはみなさんとフランス料理を食べに行って——」

「それは、それは。良かったですね。わたしの質問は以上です」

講堂内の緊張が一気に高まった。冷気を含んだ沈黙がおりてきた。倉持穂乃果がその場を取りなそうと不自然な笑顔を浮かべ「他に質問のある方?」と問いかけた。

「はい!」

最後列に座っている誰かが返事をした。ふり返ると、ヒラメのような顔の男が真っすぐ手を挙げていた。文芸部の春日部だ。

「あっ。春日部くんですね」と倉持穂乃果は言った。「じゃあ彼にマイクを回してもらいましょう」

春日部はマイクを持ってすっと立ち上がった。

「星村さんはしばしば小説を書いているとキャラクターが勝手に動き出すとおっしゃっていますけど、それは本当ですか?」

「はい。わたしはキャラクターを無理やり動かすようなことはしません。キャラクターが自然に動き出すのを待ちます。そしていったんキャラクターが動き出せば、あとはカメラのようにその動きを追うだけです。こう言ってもなかなか理解してもらえないことが多いんだけど」

「べつに理解できないことはありません。凡庸な方法論なので容易に理解できます。理屈としても感覚としても。ぼくが理解できないのはキャラクターが勝手に動いているというわりには結末がハッピーエンドばかりだということです。これは一体どういうことなのでしょう?」

「たしかにわたしの小説はハッピーエンドが多いと思います。わたしはネガティブなことはあまり書きたくないし、読者を不快な気持ちにさせたり、落ち込ませたりする小説は嫌いです。読む人が元気になって明日からまた頑張ろうと思ってもらえるような作品を書く。それがわたしの仕事だと思っています」

「すみません。質問に対する答えになっていないんですけど。キャラクターが自然に動くこととお決まりのハッピーエンドは両立し得ないのではないか。ぼくが訊きたいのはそういうことですよ。この世界には各種各様の人間がいて、各種各様のできごとが起き、各種各様の帰結がもたらされます。善良な人間が一生懸命頑張ったからといってなにもかもうまくいくわけじゃない。それどころか良かれと思ってやったことが悲惨な結末を招いてしまうこともある。とかく世の中はままならないものです。ところがキャラクターが自然に動いているはずの星村さんの作品では物事が例外なく落ち着くところに落ち着くというか。漏れなく救いのある結末が用意されているというか」

「わたしの小説にハッピーエンドが多いのは登場人物が純粋で真っすぐだからだと思います。純粋で真っすぐな登場人物が誰かのために行動することで自然に幸福な結末が訪れる。無理矢理救いを与えているわけではありません」

「なるほど。たしかに星村さんの作品には純粋で真っすぐな登場人物が出てきますよね。いやむしろ純粋で真っすぐな人間しか登場しない。あとは純粋で真っすぐな人間を引き立たせるためのわかりやすい悪役と。現実世界ではどんな善人にも多少はどす黒い面があるでしょうし、どんな悪人でもハッとするような意外な美徳を持ち合わせているものです。それに対して星村さんの作品は控えめな善人と、行動力のある善人と、露骨な悪人しか登場しない。ということは星村先生が描いているのは合計で三種類の人間しか存在しない異世界の話ってことですか？」

「異世界を舞台にしたSF小説もひとつ書いています」

「あれれ？　またしても質問の本質とは異なる的外れな答えが返ってきたような。都合が悪いことを訊かれたから意図的に答えをずらしているのかな。それともただ頭が悪いだけとか。どっちにしてもちゃんと答える気がないやつに何を訊いてもしょうがない」春日部は独り言のように呟いたあと大声で言った。「ぼくからの質問は以上です」

「はい、どうもありがとうございました。他に質問のある人は？」

倉持穂乃果はかなり早口でそう言った。

中段の列の左側で手が挙がる。また文芸部だ。岩石女の市川だ。

「じゃあ、どうぞ」

倉持穂乃果は簡潔に質問を促した。

「しおりさんはクラシック音楽はお好きですか」

「はい。大好きです。モーツァルトやベートーヴェンはもちろん、バッハからシェーンベルクに至るまで何でも。ただそのなかでも、そうだなあ、ドビュッシーの小品が一番のお気に入りかな」

「絵画はお好きですか」

「絵画も好きですよ。時間に余裕があるときはお散歩も兼ねて美術館巡りをします。絵画からインスパイアされて執筆した作品もいくつかあるんですよ。例えば『果物のない朝食なんて』という短編はカラヴァッジョの絵にインスパイアされて執筆しました」

「誰にインスパイアされたんですか？　すみません。画家の名前のところがよく聞こえなくて」

「ミケランジェロ・メリージ・ダ・カラヴァッジョ。バロック期のイタリアの画家よ」

「そうですか。そのなんちゃらカラヴァッジョにインスパイアされたんですね」

「ええ」

「わたしもちょくちょく美術館には行きます。でも絵画にインスパイアされることはないなあ。んっ？　それはそうと、インスパイアという言い方は正しいのかな？　それとも語尾を伸ばしてインスパイアーというのが正解なのかな？　まっ、どっちでもいいや。いずれにせよ美術館でインスパイアされた経験はない。それどころかインスパイアされたこと自体一度もない。一枚の絵からインスパイアされるなんて、やっぱりプロの作家さんは凄いですね。あと、土下座や涙は好きですか」

「はい？」

「聞こえませんでしたか。土下座や涙は好きですかと訊いたんです」

「質問の趣旨がよくわかりませんが」

「趣旨もへったくれもありません。ごくストレートな質問です。土下座や涙が好きなのかなあと思って訊いただけです」

「好きとか嫌いとか、そういう対象ではないと思いますけど」

「そうですかねえ。例えば星村先生がお書きになった『カシスソーダは喪失の香り』という作品で登場人物の――ええと――登場人物の誰だっけ。名前は忘れてしまったのでとりあえずA子とB男とC吉ということにしましょう。B男とC吉は古くからの友人なんだけどB男もC吉もA子を愛していて、A子がB男と付き合うようになってB男とC吉の友情に亀裂が生じ、でもA子が実はC吉を愛しているのに気づいていたB男が自分の気持ちを抑えてC吉に『俺は身を引くからA子を幸せにしてやってくれ』と土下座をして頼むシーンがあったと記憶しています。このシーンに象徴されるように星村先生は読者を感動させようとか、クライマックスを盛り上げようとするときに好んで土下座を多用する傾向があるのでよっぽど土下座が好きなのかなあと推測したんですけど」

「好きとか嫌いとかに関係なく小説のなかで必然性があればそういうシーンを書くことは当然あります」

「必然性？　星村先生にとってはすでに忘れたい過去なのかもしれませんが、さっき先生は登場人物が自然に動き出すとおっしゃっていましたよね。わたしが知る範囲では実際に土下座をする人間なんて見たことがありません。でも星村作品の登場人物はわりと頻繁に土下座をする。ということはわたしが世間知らずなだけで世の中の人々はわりと頻繁に自然に土下座をしているということなのでしょうか？」

「ちょっと誤解があるようなので訂正しておきます。わたしの作品のなかで登場人物が土下座をするのはあなたが例として挙げた『カシスソーダは喪失の香り』ともうひとつ『セーヌ川、あるいはその周辺での抱擁』だけです。土下座を多用しているというのは事実誤認じゃないかしら」

「そうなんですか。それは失礼しました。たしかに誤解だったかもしれません。先生の作品はクールな筆致で書かれているようでいて実は通奏低音として浪花節《なにわ》がかまびすしく鳴り響いているので、もっともっと土下座を多用しているのかと思っていました。大変失礼しました。わたしからは以上です」

星村しおりがちらっと倉持穂乃果のほうを見た。助けを求めるような、非難をするような目だ。倉持穂乃果はやや伏し目がちになっている。ほら、どうした、倉持穂乃果。あんたがこよなく愛している星村大先生がピンチだよ。アナウンサーになりたいのなら機転を利かせてこの状況を丸く収めてみなよ。

しかし倉持穂乃果にそんな才覚はなかった。馬鹿のひとつ覚えみたいに「他に質問のある方はいませんかあ?」ときょろきょろ講堂内を見回すだけだった。

次に手を挙げたのはまたしても文芸部の矢崎だった。右側の前から三列目の席に座っている。どうやら文芸部の連中は意図的にばらばらの席に陣取っているようだ。

マイクを持った矢崎はにこやかに質問した。「しおりさんは言葉を大切にされていて、同じように言葉を大切にしているジョイス・キャロル・オーツをリスペクトしているとインタビューで答えられていましたが、その他にリスペクトしている作家はいますか?」

「ジョン・チーヴァーやピーター・キャメロン、それからレイモンド・カーヴァーもリスペクトしています」星村しおりはいくぶんホッとしたような顔つきで答えた。

「日本人作家では誰をリスペクトしていますか」と矢崎は続けた。

「川端康成《かわばたやすなり》や太宰治《だざいおさむ》をリスペクトしています」

「あと、しおりさんは家族の支えがあるから小説が書けるとおっしゃっていたと思いますけど、家族のこともリスペクトしていますか」

「はい、しています」

「お父さまのこともお母さまのこともリスペクトしているんですね」

「ええ、両親のことはリスペクトしています」

「小説を執筆する上では編集者さんのサポートが欠かせないともおっしゃっていました が、編集者さんのこともリスペクトしていますか」

「しています」

「それ以外でリスペクトしている人はいますか」

「わたしの本の装丁をしてくださった高橋《たかはし》さんも大好きですし、映画化されたわたしの作品に出演してくださった松吉理生子《まつよしりおこ》さんも素晴らしい女優さんだと思いました」

「たくさんの方をリスペクトされているんですね。ところで先生は英語は喋れますか?」

「う〜ん、そうだなあ。全然喋れないことはないけれど、流暢《りゅうちょう》に喋ったり、微妙な日本語のニュアンスを伝えるのはちょっと難しいかな。でも人と人とがわかり合うためには語学の力だけではなくもっと大切なものがあるでしょ? わたしは仕事柄、取材なんかで海外を訪れることも多いけれど、その経験から言うとコミュニケーションにおいて最も必要なものは月並みだけどやっぱり気持ちだなと実感しています。例えばわたしは去年、ある出版社の編集者さんに『星村さんの書く旅行記がどうしても読んでみたい』というオファーを受けて、その編集者さんがあまりにも熱心だったものだから他の仕事のオファーをちょっとお断りして三か月ほどヨーロッパを回ったことがありました。そして旅行先では数々の素敵な出会いがあって、そのなかでもとりわけ印象的だったのがパリの路地裏で言葉を交わしたフランス人の青年です。向こうから声をかけてきてわたしが応じる形で会話が始まったんですけど、わたしにとってもフランス人青年にとっても英語は外国語なのでたどたどしいやりとりにならざるを得ませんでした。でもね、ふとしたきっかけからその青年もドビュッシーが好きなのがわかったの。それからは時間を忘れて会話に花が咲いたわ。まるで親密なボーイフレンドに二週間ぶりに会ったように。わたしたちの英語はたどたどしいままだったけど、時間を忘れるほど夢中になってドビュッシーについて語ることでわたしたちはたしかに魂を交流させた。頭ではなく心で理解し合ったというフィジカルな手応えがあった。英語力はあるに越したことはない。でもそれが全てではない。わたしはそんな風に考えています」

「ふ～ん、なるほど。流暢には喋れないんですね。星村先生のインタビュー記事を拝読すると、やたらリスペクトという言葉が出てくるので、てっきり英語の母国語話者並みにイングリッシュを喋れるのかと思っていました。英語が喋れないのに『尊敬』じゃなくて『リスペクト』という単語を連呼していたんですね。これからも言葉を大切に頑張ってください。あっ、頑張ってといえば、阪神淡路大震災のあと『がんばろう、神戸』というスローガンが生まれて被災者の方々を元気づけようという気運が日本中で盛り上がりました。そして東日本大震災。またしても甚大《じんだい》な被害が生まれて心を痛めている日本人は多いと思います。星村先生も震災のあと、この悲劇を前にして小説家として何ができるだろうと自らに問いかけていらっしゃいましたよね？」

「ええ。あれだけの惨劇を目の当たりにすると誰でもそのような問いかけをせざるを得ないと思います」

「とても真摯に自問する様子に感銘を覚えました。でも明らかな答えがあるにもかかわらず先生はその答えに気づいていらっしゃらないようなので僭越《せんえつ》ながらわたしが答えを申し上げてよろしいですか？」

「是非」

「必要な生活費だけを手元に残してそれ以外の原稿料収入や印税収入を地震で被害を被った方に寄付すればいいんですよ。もちろんそれで被災地の方全員が救われるわけじゃないでしょうけど、一人や二人は確実に救われると思うんですよね。風評被害を被った農家や漁師の方、工場が流された中小企業の社長さん、家を失ってローンだけが残った人々。そのうちの誰かひとりでもいいので先生の収入で救ってあげたらどうですか。『この悲劇を前にして小説家として何ができるだろう』なんて呑気《のんき》に問いかかけている暇があるなら。今すぐにも実行できるはずですけど」

「そのような直接的な金銭の援助も大切でしょうけど、やっぱりわたしは小説家として作品を通じて被災者の方々に元気と勇気を与えられれば……」

出ました！　読んだ人が明日からまた頑張ろうと思える小説！　と、どこからか野次めいた言葉が飛んだ。

「いや、その点は大丈夫です」矢崎は断言した。「わたしのいとこは岩手県の寒村に住んでいるんですけど、そこでは月に四万円もあれば暮らせるそうですよ。先生もどこか田舎の村に移住すれば四万円以外の余ったお金を全額被災地に寄付できるわけです。先生はパソコンで執筆しているでしょうから電気さえ通っていれば小説は書けますよね。幸いなことに日本はどんな寒村にもちゃんと電気は通っていますから、どこで暮らしても小説は書けます。ですから小説を書くことと寄付をすることは問題なく両立します。というわけで、いつまでにいくら寄付しますか？」

「それはちょっとむずかしいと思います」

「むずかしいということは、寄付はしないという意味ですか？」

「そう受け取ってもらってけっこうです」

「なるほど。この悲劇を前にして小説家としてできることは最低限度の生活費と執筆環境を確保して余裕がある分を寄付することだとわかってはいるけどやっぱりそういうことはしたくないから今まで通りふつうに小説を書くだけだと解釈してよろしいですか？」

「どうぞご自由に」

星村しおりの顔が怒りと屈辱で真っ赤に紅潮している。怒りと屈辱で真っ赤に紅潮した結果、頬紅を塗り過ぎているのが目立たなくなったのは不幸中の幸いというべきか。

「はい、自由にします」と矢崎は言った。「それじゃあ是非とも被災者が元気になるような小説を書いてください。『3・11の震災を経て星村しおりが放つ渾身《こんしん》の一冊。すべての犠牲者の魂に鎮魂と癒やしを！』みたいな宣伝文句でもくっつければ本がたくさん売れるかもしれないですね。震災需要とか震災ビジネスっていう言葉もあるくらいですから」

矢崎の次に質問に立ったのはやはり文芸部員の滝口だった。彼らは事前に示し合わせてこの日の講演に備えていたのだろう。

「なんだか悪意のこもった質問が続いているようですけど」と滝口は言った。「でも先生の作品は大人を薄汚れた悪として、子供を純粋な善として描く傾向がありますよね。そのような描き方をすることによって子供の味方を装ったり、若者の代弁者を気取ったりされているのでしょうけど。だから少々悪意を含んだ質問があってもブレずにぼくたち若者の味方でいてくださいね。それから先生は『世の中に存在する残酷な事実もしっかりと直視したい。見たくないから見ない、などと言って逃げたくはない。人間の負の側面を無視するのは簡単だけど、それだと作品全体が絵空事になってしまう。現実をきちんと踏まえた上で作品に昇華するのが作家としての責任です』みたいな発言をされていた記憶があります。そして先生はいま、まさに残酷な事実に直面しているわけです。ですから逃げないでこの事実を直視してくださいね。自分は安全地帯に立って遠くから眺めるだけなら直視とは言わないですからね。作家として人間の負の側面を作品に昇華するチャンスですよ。チャ〜ンス！」

クスクスと笑いが起こった。

「前置きはこれくらいにして質問に入りたいと思います。先生は今日、おおいに張り切ってすばらしく高級そうなアクセサリーを身に着けていらっしゃいますね。それから靴もずいぶん高そうだ。イヤリングはティファニー、ネックレスはカルティエ、指輪はハリー・ウィンストン、靴はエルメスといったところでしょうか。ぼくはそういう俗っぽいものにはいっさい関心がないのでよくわかりませんが。そこで先生にひとつ提案です。ぼくの両親は表参道で滝口クリニックという美容整形外科を経営しているんですけど、ブランド物に費やす財力があるのなら、ピザ生地と見まがうばかりの先生ののっぺりとした巨大な顔面にガツガツとメスを入れ、ゴリゴリと骨を削ってできる範囲で顔面の面積を縮小させ、まぶたをドカンと埋没させて二重瞼に変え——その他にも改善すべきところはたくさんありますが——とにかく二千万から二千五百万円くらいの費用をつぎ込んで修復を施せばいまよりも多少はマシな顔面になってご自慢のブランド品もちょっとは似合うようになるかもしれないですよ。いや、それ以前にごてごてと下品にブランド物で着飾る必要すらなくなるかも。よろしかったらご検討ください。滝口クリニック、滝口クリニックをどうぞよろしく。以上、滝口クリニックのコマーシャルでした」

クスクス笑いは哄笑《こうしょう》に変わった。

あの壇上に突っ立って数百人の哄笑を浴び、さらし者になるというのはどんな気分なのだろう。いうまでもなく最悪の気分にちがいない。星村しおりの心境をありありと想像すればするほど美和の気持ちは浮き立つ。騒然とした講堂内の雰囲気に抵抗するように倉持穂乃果はやけくそ気味に問いかけた。「他に何か質問はないですか！できれば先生の作品の内容に関する質問をお願いします！」

「はい！」

講堂中に響きそうな凛《りん》とした声が響いた。

「あっ、元気が良いですね。じゃあ、そちらの女の子」

元気な声の主には見覚えがあった。たしか野球部のマネージャーをしている下級生の女の子だ。ようやく文芸部以外の生徒が質問を希望したというわけだ。しかしいったん加速した流れは変わらなかった。

「ご要望通り作品の内容についての質問を。いえ、その前に無条件の賛美を。今日の講演に備えてしおりさんの代表作といっていい『Get into the part of wind』を通読してきました」

「どうもありがとう」

「ところで『Get into the part of wind』は高校生の男の子の一人称という体裁で書かれていますが、とても高校生が使うとは思えない言葉遣いが散見されます。例えば『やっちまった』なんていうのは小説内言語としてはともかく普通の高校生は使いません。高校生どころか二十歳過ぎの若者も使わないでしょう。この前テレビを見ていたら、某お笑いコンビが『やっちまったな～』という台詞を叫んでいましたけど、あれは芸人さんのギャグですからね。それから、『ガチで?』とか『コクる』とか『マジあり得ねえ』などというのも今では死語です。それから『〇〇っつうの』という語尾も。それぞれ『ほんとに?』、『告白する』、『いや、それはない』、『〇〇だよね』と言います。さらに高校生が幼年時代をふり返るとき『ガキの頃は』なんていう言い方は絶対にしません。Vシネマに出演するような不良ぶったおっさん俳優じゃないんですから。『幼稚園の頃は』とか『小学生の頃は』とか『昔は』と言うのが自然です。ただ、言葉遣いが頓珍漢だからこそわたしは『Get into the part of wind』に深い感銘を受けたのです。おばさん作家が、できもしないのに必死で、『生き生きとした若者口調』を再現させようとしている涙ぐましい努力に内容などそっちのけで深い感動を覚えました。やっぱりお仕事は必死で一生懸命やらなければダメですよね？」

「お褒めいただいて恐縮だわ」

星村しおりの声は怒りと苛立ちで上ずり、かすれ気味になっている。しかしムキになったら負けだと意地を張っているのか、丁寧な口調を崩さず笑顔を保っている。もっともその作り笑顔は化粧にひびが入りそうなくらい引きつっているが。

「それでは質問を。『Get into the part of wind』ではジャニーズ系の美少年とスポーツマンタイプの美青年というおばさん作家がオナニーしながら書いたようなキャラクターが登場しますが、この作品を書きながらオナニーはしましたか？」

「してません」星村しおりは即答した。

「そうですか。なんだか意外でした。おばさん作家が、実際には存在しない爽やかで清らかな男の子を妄想しつつ、ニタニタと涎を垂らしながら書いているようなイメージがあったので。てっきり執筆中にオナニーをしているものとばかり思っていましたが。どうやらわたしの誤解だったみたいですね。失礼しました」

　再び講堂内に含み笑いが広がった。

「さて、この種の本を愛読しているのは星村先生と同じ嗜好《しこう》を持つおばさん、つまり汚れのない王子様のような男の子が三次元の世界に実在すると信じている気色の悪いおばさんか、あるいはその手のおばさんの予備軍のような不細工な女子、もしくは本人は醜男《ぶおとこ》なのに作中の美少年と自分を同化させてうっとりと感情移入しているポンコツ男子のどれかだと思いますけど、話がややこしくなるので予備軍女子とポンコツ男子のことはとりあえず脇に置いといて、気色の悪いおばさん読者に焦点を合わせて質問をします。星村先生はこの作品を執筆している最中にオナニーはしていなかったとおっしゃいましたけど、この種の作品を好んで手に取る『妄想おばさん読者』は作品を読みながらオナニーをしていると思いますか？」

「読者さんがこの本をどんな気持ちで読んでいるかはわかりません。ただ主人公の純粋な行動によって人と人とが繋がっていくという作品の本質を読み取っていただいていると信じています。それからわたしは何を言われようと構わないのですが、読者を侮辱するのはやめていただけますか。読者さんはわたしの宝であり誇りであり……」

「と言いつつ、本当はご自分が侮辱されるのが我慢ならないというのが見え見えなのでその反論は聞くに値しないものと看做《みな》し却下するとして、最後に質問ではなくご報告を。わたしにはひとつ年上の兄がいます。そして兄の生態をそれとなく観察していると十代の少年がどういう感じなのかだいたいはわかります。星村先生が夢想する『妄想さわやか美少年』とは異なりここにいる男子たちは――というより日本中の男子たちは――身近にいる可愛い女の子やお気に入りのアダルトビデオを『おかず』にして日々マスターベーションに励んでいることでしょう」

野球部のマネージャーの女の子はそこでひと呼吸置いた。

「ところで星村先生は本日、ご自身の年齢を顧みずやたらと無理をして少女っぽい格好をしていますが、本校の男子生徒があなたをマスターベーションの『おかず』にする可能性は皆無なのでご安心ください。いまわたしの近くに座っているある男の子なんかは講演が始まってすぐ『あの年で必死で若作りをしているおばちゃんほど気持ちの悪いものはないよな。マンコに蜘蛛《くも》の巣が張ってそう』とささやいておりました。まあ、現実の男子高校生の会話はこういうものですからご参考までに」

「貴重な情報をどうもありがとう」

星村しおりはにっこりと微笑んでそう言った。

この期に及んでなお大人の余裕を見せようとしている星村しおりは滑稽を通り越して――滑稽を通り越して――何と表現すべきか。さすがの美和も適切な言葉を見つけられない。言葉にならない、とはこのことだ。言葉にできない、とはまさにこのことだ。「あの星村先生が来てくださった」と大歓迎され、颯爽《さっそう》と壇上に登場し「星村先生ってエレガントな大人の女性って雰囲気で格好いいなあ。でもちょっぴり天然で可愛らしいところもあるよね」と若い生徒たちから親しみを持たれ、「これからどんな作品を書いていきたいですか」と抱負を訊かれ「現時点ではわかりません。新しい作品を書くときはそのつど何かが降りてくる感じなので」と芸術家風を吹かせ「ひとつだけ言えるのは、これからもわたしはずっと書き続けるだろうな、ということです。わたしにとって書くことは生きることだから」と愛用の決めゼリフで講演を締め括《くく》り、万雷の拍手を浴びながら登場してきたとき以上に颯爽と引き上げていく……という事前に想定していたであろうシミュレーションは脆《もろ》くも瓦解《がかい》している。べつに天変地異が起きたわけではない。根拠のない夢想から覚め、現実を見せつけられているだけだ。

「他に質問がある人はいますか?」と投げやり気味の倉持穂乃果。

「はい」と別の生徒。

「じゃあ、そちらの方」と倉持穂乃果。

「ええと、さっきから星村先生の御尊顔を拝していて、ずっと何かに似ているなと考えていたんですけど。ようやく何に似ているのか判明しました。先生ってトイレのスリッパみたいなお顔をされていますよね。トイレのスリッパに似ていると言われたことは今までに何回ありますか?」

「一回もありません」

「以上で終了します」

倉持穂乃果はたまらず質疑応答を打ち切った。

23

親愛なる兄へ
お元気ですか？　ぼくは元気です。
先週の水曜日、例の「夢授業」の第二弾として星村しおりという作家が講演に来ました。錬成館の卒業生で女性にはけっこう人気がある作家のようです。兄さんはこの作家のことを知っていましたか？　ぼくはまったく知りませんでした。講演は午後の一時からはじまって、最初の三十分くらいは星村しおりが何か喋っていました。ぼくはウトウトと居眠りをしていて何を喋っていたのかはほとんど覚えていないんだけど。
面白かったのはそのあとの質疑応答です。生徒から質問を募ってそれに星村しおりが答えるという時間が取られたんです。そこでふつうの講演会ではあり得ないような展開になりました。なにしろ罵倒や中傷と言えるような質問や意見表明が相次いだのですから。トロトロと重かったぼくの瞼もその意外な展開のおかげでパッチリと見開かれました。星村しおりがどんな質問を受け、どんな意見をぶつけられたかを具体的に書いていると長くなるのでいちいち引用はしませんが、ごく大雑把にまとめると作品内容への批判、容姿への批判、それから星村しおりが全身から発していた俗物臭への批判でした。生徒たちから星村しおりへの辛辣《しんらつ》な言葉がバンバン飛び出て、なかにはかなり下品な内容も含まれていました。

そして兄さん。その先頭を切ったのが平林だったのです。平林の質問は意地悪というのを通り越して攻撃的、あるいは高圧的とさえいえるものでした。星村しおりの首根っこを摑んで引きずり回し、言葉の暴力で完膚なきまでに傷つけてやろうという強い意思が窺えました。ぼくはあらためて平林の心の闇の深さを思い知らされ、身震いがしました。

とはいえ、平林が発した質問はふたつ程度。平林の質問が終わったあとはいかにも有名人の講演会らしいぬるいやり取りが続くんだろうなあ、とぼくは予想していました。ところが、あに図らんや、「我も我も」と平林に続く者が現れたのです。彼らは平林と同等か、あるいはそれ以上に悪意の籠った質問を檀上の星村しおりに投げつけていました。彼らが投げつけているのは質問ではなく糞尿なのではないかと錯覚するほどでした。講堂内の雰囲気はまさに異様。吊《つる》し上げ状態になっている星村しおりを助けようとする者は皆無。それどころかみんなが檀上の星村しおりを冷笑していましました。議事進行を任されていた生徒会長の倉持だけは申し訳なさそうに肩をすくめていましたが。

まあたしかに星村しおりにはどこか人を苛立たせるようなところがありました。兄さんも星村しおりと対面してその言動を目の当たりにすればわかると思います。なんと言うか、自分のことを客観的に見られない――つまり自己評価が歪んだ形で奇妙なくらい高い――三十女に特有の痛々しさと鬱陶しさを身にまとっていたのです。

ただあの講演会の異様さは星村しおり個人の鬱陶しさだけに起因するものではないとぼくは思うのです。前にも言及したようにこの学校は渡瀬幹男が理事長になった時点からずっと異様です。生徒のいる前で校長が教師を怒鳴りつけたり、見せしめのように渡瀬が経営するイタリア料理店で教師たちに皿洗いや接客をさせるなんて狂気の沙汰としか言えないですからね。新体制の幹部の攻撃性と、それを被る教師たちのストレス。それらは無意識のうちに生徒の心理に伝播《でんぱ》している。生徒は気づかないうちに渡瀬らの攻撃性を自分の内部に取り込んでいるし、教師たちが感じているストレスの何パーセントかは生徒たちの心にこぼれ落ちている。溜まったストレスはその捌《は》け口を求めるし、いったん捌け口を見つけると内部に取り込んだ攻撃性が容赦なくその捌け口に向かう。星村しおりはまんまとその捌け口になってしまったわけです。彼女は運が悪かったんですね。タイミングも悪かった。

渡瀬幹男理事長殿はぬるま湯に浸かっていた名門校に新風を吹き込んで改革を成し遂げたみたいな顔をして鼻高々ですけど、実際はどうなんですかね？　兄さんはどう思いますか？　渡瀬の強引な手法が生徒からおおらかさを奪い、苛立たせ、結果として星村しおりのような憐れな犠牲の子羊を生んだとは考えられませんか？

もっともぼくは星村しおりが傷つけられようが、この学校の生徒が攻撃的で反社会的な人格を身に付けようがどうでもいいんです。ぼくが心配なのは平林だけです。平林は学校生活以前に家庭内で多くのストレスを背負わされてきたのですから。

しかしあの講演会の異様さを見てぼくは逆に楽観してもいるんです。攻撃性とストレスという二大疾患に感染すれば、誰でも心に闇を抱えてしまうことがあの講演会によって証明されました。平林の心の闇は決して彼女に固有のものではありません。不幸な過去によって後天的に身に付いただけです。後天的に身に付いたものはきっかけさえあれば捨て去ることも可能なはずです。それに考えようによってはあの場面で手を挙げたこと自体、明るい兆候だといえなくもない。それまでの平林であれば、たとえ星村しおりのことが気に入らなくても無関心を貫き、素知らぬ顔を決めこんでいたと思うんですよ。でも平林はあえて挙手をして質問をした。意見を述べた。これは自分の周りに張り巡らせていたバリアを取り去り、他人と関わろうとする積極的な姿勢と評価することもできる。さすがにあの質問や意見の内容はどうかと思うけど（あまりにも悪意に満ち溢れていたので）。

もしかしたら平林はこれからはもっと肯定的な方向で自己を表現するかもしれません。そうすることで徐々に心的外傷を克服していくのかも。期待を込めてぼくは今まで通り平林を見守っていきます。

そしてできれば卒業までに自分の気持ちを伝えたい。いや、絶対に伝えるつもりです。

24

みなさん、こんにちは、倉持です。

今宵、倉持は落ち込んでいます。明るいのが長所で、明る過ぎるのが短所だと言われる倉持がこれほど落ち込むことはめったにないのですが。ため息、また、ため息です。

先日お伝えした星村先生の講演会が本日開催されました。星村先生は作家として偉大なだけでなく、人としても女性としてもチャーミングで尊敬できる方でした。星村先生のお話は機知とユーモアに溢れ、それでいて人間に対する深い洞察に基づいた豊《ほう》饒《じょう》な含蓄に満ちていて、倉持も感銘を受けっぱなしでした。

ただ先生のお話のあとに生徒との質疑応答があってそれが、なんと言うか、ちょっと荒れた感じになってしまって。あまり具体的なことは書きたくないんですけど、お忙しいなか講演に足を運んでくださった星村先生に対して一部の増長した生徒が悪ノリして失礼なことばかり言って……。ひとりの心無い生徒の悪意が他の人に伝播してしまったっていうか。

斜《はす》に構えて冷笑的な態度を取るのが格好いいと思っていたり、一生懸命な人を馬鹿にするのが賢い行いだと考えていたり、他人を見下すことで自分が優れているように錯覚したりする子がいるのは本当に残念なことです。その手の浅薄な優越感は一時的な快楽をもたらしてくれても長い目で見れば満ち足りた幸福を約束してはくれません。若いうちはいいかもしれないけど、ねじれた心根のままで大人になったらいずれは誰にも相手にされなくなって寥々《りょうりょう》とした孤独な毎日を送るハメになるでしょう。でもしょうがないですよね。自業自得ですから。ぶつぶつと不平ばかりを述べる寂しい人生を歩めばいいのです。ひとりぼっちで苦しんでいればいいんです。ひねくれた性格にふさわしい無価値な生き方を……。

いや、駄目だ、駄目だ！　倉持まで攻撃的になってどうする？　こういうときこそ星村先生の聖母のような優しさを見習わなければ。

講演のあと、倉持はあまりにも星村先生に申し訳なくて深々と頭を下げて謝罪したんです。厳しく叱責《しっせき》されることも覚悟して。ところが先生は叱責するどころかむしろ倉持を気遣ってくださり「気にしなくていいのよ。とんがりたい年頃なのよ、あの子たちは」とひまわりのような笑顔で倉持を温かく包んでくださいました。だから倉持がいまできることは、倉持のなすべきことは、星村先生に悪意を投げつけた子たちを非難するのではなく、憐れむことだと思います。憐れみ許すこと。そして悲嘆にくれて落ち込むのは今日かぎりにして、新たな気持ちで明日を迎えることだと思うのです。

　ちょっぴり愚痴っぽい文章になってしまってごめんなさい。今夜はこの辺で切り上げて早めに眠りにつきます。おやすみなさい。

第九章　決意

25

後々まで語り草になりそうな星村しおりの講演会のあと、安子はやたらと興奮していた。彼女はそれまで以上に頻繁に美和の席にやってきた。そしてくり返し、くり返し、あの日の熱気と星村しおりの狼狽《ろうばい》ぶりを語った。

「本当、最高だったよね、あの講演会」安子は前のめりになって言う。「売れっ子作家になって颯爽と母校に凱旋《がいせん》したつもりでいい気になっているところをガツンとやられて」

「というより現実を見せられて」

「散々なこと言われてたもんね」

「文芸部の連中があんなに毒をはらんでいたのはちょっと意外だったけどね」美和はあいかわらず教室の隅でぼそぼそとおしゃべりをしている文芸部員にちらりと目をやった。「あいつら事前に示し合わせて星村しおりを罵倒しようと思ってたのかな」

「そうかもしれないけどさ。美和がきっかけを与えてくれなきゃ、あいつら何にも言えなかったって。やっぱり一番凄いのは、先鞭《せんべん》をつけた美和だよ」

安子の言う通りだ。あらかじめ計画したことを実行したにしても、結局文芸部の連中は美和の尻馬に乗っかったにすぎない。それにしてはずいぶん誇らしげに「してやったり」という顔をしていたが。冴えない外見と陰気な雰囲気から誰の注目も浴びたことがない文芸部。ちょっとした（あくまでちょっとした）存在感を示せてよっぽど嬉しかったのだろう。ずいぶん舞い上がっていた。調子に乗っていた。もっともいまはまた分相応の日陰者に舞い戻っている。スポットライトなど浴びることなく日陰で地味に生きてきた文芸部の連中。そしてこれからも地味な日陰者のままで一生を終えるであろう文芸部の連中。彼らは唯一（ちょっとした）スポットライトを浴びたあの講演会の日の想い出を後生大事に抱えて生きていくことだろう。そしてときには「高校のとき鬱陶しい作家が学校に講演に来たからさ、容赦なくぶった斬ってやったよ」と輝かしい武勇伝のように吹聴し、逆に自分たちが鬱陶しがられ、「へ～え、作家をぶった斬ったんだ。で、だからなに？」と素っ気なくあしらわれ、せっかく築いた自信満々のアイデンティティーがあっけなく崩壊し、しょうがないから昔の仲間と居酒屋に集まって「あのときおれたち星村しおりをぶった斬ってやったよな」「ええ。ぶった斬ってやったわよ」「ぶった斬ってやった、ぶった斬ってやった」「あなたの鋭い舌鋒はA評価に値するわね」「いやいや。お前の辛口批評こそAプラスだよ」「またまた。あなたの的確な分析力もダブルAじゃない」「なんだかんだ言ってお前こそトリプルAさ」などとお互いの傷を舐め合っている憐れな未来図が容易に想像できる。

「あのおばさん、好意的な感想が聞けると思って鼻を膨らませていたのに、お気の毒だったねえ」と安子は続けた。「泣けましたとか、感動しましたとか、胸がキュンキュンしましたとか言ってもらえるかと思いきや、ズバリ美和にその痛々しさの本質を突かれて」

「まあ、泣けるとか感動とか胸がキュンキュンとか、その種の単純な感想しか抱けない輩は多いからね。あのおばさん作家の愛読者はそんなやつばかりなんだろうけど。世界は善意で覆われていると信じているどこかのおめでたい女子高生みたいな」

「それって倉持穂乃果のこと？」と安子は訊いた。

美和はうなずいた。安子はにやりと笑った。

倉持穂乃果が定期的に更新している薄気味悪いブログを美和も安子もチェックしている。この笑いはあのブログを揶揄《やゆ》する笑いだ。たしかに安子は倉持穂乃果を毛嫌いしている。そしてここのところ倉持穂乃果への嫌悪をあからさまに態度で示すようになっている。美和に接近してきた当初はもっと抑制的というか、おずおずとしていたというか、美和と話をしながらも横目で倉持穂乃果の顔色を窺っているようなところがあった。ところがここ最近、安子の態度は日増しに豪胆になっている。

「星村おばさんが狼狽している様子も笑えたけど、司会をしていた倉持穂乃果が青ざめているのも愉快だったよね。あのまま卒倒して死んじゃえばよかったのに」

安子はそう言って悪魔的に微笑んだ。こいつモンスター化しているなと美和は思った。こいつの心の中にも悪魔の種子が宿っていて美和がそれに水をやり成長させているのだ。モンスターを生育するのは悪い気分ではない。しかし安子の本性を隠しておく必要もある。モンスターを生育するのは悪い気分ではない。しかし安子の本性を隠しておく必要もある。安子はいわばスパイのようなものだ。倉持穂乃果たちの動向を探らせるためのスパイ。ファイナルプランを実行するためのただの駒。それまでは安子には仮面を被《かぶ》っておいてもらう必要がある。

「ねえ安子。あなた、倉持穂乃果が嫌いなのよね？」

「なにをいまさら。嫌いどころか、蛇蝎《だかつ》の如《ごと》く嫌悪してるわ」

「蛇蝎の如くでも何の如くでもいいんだけどさ。倉持穂乃果には感づかれていないよね。あなたがあいつを毛嫌いしていること」

「大丈夫だって」安子はぐいと胸を反らせた。「あいつの前ではちゃんと親友面してるから」

いい目をしてるな、と不覚にも美和は安子のことを認めてしまっている。四月の安子と現在の安子ではまったく別人になっている。美和の影響を露骨に受けた安子は瞳のなかに暗さと憎悪を宿している。安子の父親の工場はもういよいよ末期的な状態らしく、年内に潰れるのは必定。安子の父親が男気を発揮して面倒を見た従業員たちはあっさりその工場に見切りをつけて辞めていったそうだ。ある者は「どうせこんなことになるのなら社長に気を使わないでさっさと別の仕事を探すんだった」と悪態さえついたらしい。そんな従業員の態度に触れて安子の父親は壊れた。それまでの鷹揚《おうよう》な性格は影を潜め、アルコールに溺《おぼ》れるようになった。大量の酒を飲んでは憎々しげに家族を睨みつけるようになった……と安子は怒りを露わに父親の様子を美和に報告してきた。安子は最愛の父の本性を知ったのだ。自分の父親は従業員に裏切られると家族に八つ当たりするような小さな男に過ぎなかった……と認識したのだ。父親が壊れたのを見て、安子もまた壊れている。

「星村おばさんのことはともかく、文化祭の件はどうなってるの？」と美和は訊ねた。

春先から美和は、いつ、どこで、どのように、誰を殺すかをずっと考えてきた。いつ殺すか？　冬が訪れ十八歳の誕生日を迎える前に殺す。なぜなら十七歳が犯罪者としてさまになるギリギリの年齢だからだ。どこで殺すか？　くだらない活気に満ちている錬成館高校の校内で殺す。この二点はわりと早く決まった。「誰を」殺すか。もちろん誰でもよかった。ただ殺す価値さえない倉持穂乃果は最初からターゲットから除外していた。殺すよりも陰惨な殺人現場を見せつける。倉持穂乃果への制裁はそっちの方がふさわしい。

ただ美和としたことが、ひとつだけ欠けていた視点があった。いつ、どこで、どのように、誰を殺すか。それに加えて「何人殺すか」という視点が欠けていたのだ。

「わたしたちに追い風が吹いているよ」と安子は答えた。「例によって倉持穂乃果が張り切って、普通じゃないことをやろう、歴史を作ろうなんて言い出してるの。だからわんこ蕎麦《そば》大会を開催しようって提案した」

「わんこ蕎麦大会？」

「そう。お椀に小盛の蕎麦を盛って平らげたお椀の数を競うイベントがあるでしょ。あれをやろうってことになったの。しかもどうせなら蕎麦打ちから自分たちでやろうってことで話はまとまっているんだ」

「ふ〜ん」

「カレー屋とか焼きそば屋をやるより確実に多くの子を殺せそうじゃない？」

「たしかに」

「しかもこれがね、人数的にもちょうどいいの。参加者は各クラスから一人ずつと、文化系のクラブと体育会系のクラブからそれぞれ一人ずつ。それから教員から一人。だから合計は？」

「三十人」美和は素早く計算した。

美和が調べた限り、個人が短期間で一息に殺した人数は最大で三十人だ。戦前、地方の小さな集落でひとりの青年が斧《おの》や猟銃を使って村人を三十人殺した。そういう事件があったのだ。美和としては是非ともその人数を超える人間をまとめてあの世に送りこみたかった。

「三十人ねえ」美和はため息をついた。

「でもね」美和の不満を察知したのか、安子が即座に先を続けた。「オープン参加も認めるんだって」

「オープン参加？　何それ？」

「当日に文化祭に来場した人から参加者を募るの。一人や二人は絶対いると思う。そうしたら大食い競争の参加者は三十人を超える」

「なるほど」

「もしその参加者が全員死んだら」安子は興奮気味に指を折る。「美和は前代未聞の殺人者として歴史に名を残すことになる。その協力者としてわたしの名前も」

安子の父親の工場が潰れるのも美和にとっては僥倖《ぎょうこう》だった。「仕込む毒物に関しては青酸カリをインターネットで購入する」と美和が言うと、「そんなの凡庸だよ」と逆に安子にたしなめられた。「うちの工場はもう廃工場同然なんだ。だからあそこに放置されているアルカロイド系の毒物ならいくらでも拝借してこられる」と安子は請け負った。安子の分際で意見してくるとは生意気だと思ったが、この点については明らかに彼女の提案のほうが勝っている。

（いよいよファイナルプランの最終案が決まったみたいだね）とユウちゃんは言った。

決まった、と美和は答えた。

（遠藤安子を手なずけておいたのは正解だったでしょ？）

美和はうなずいた。

ユウちゃんのお告げはいつだって正しい。

「それからさ、やっぱり、やるみたいだよ、ミスコン」

「ふ～ん」

「出るんでしょ、美和」安子が弾んだ声で美和の目を覗き込む。

「当然」

「おっ、積極的だね」安子が嬉しそうに目を輝かせた。何故かこいつのことを可愛いと思っている美和がいる。

「美和なら絶対グランプリ、取れるよ」安子は両手の拳を握った。

「倉持穂乃果はどうするのかしら？」

美和が訊くと、安子は悪戯っぽく微笑んでぐっと身を乗り出してきた。「それがね、あいつ出たくてたまらないのに絶対出ないよ」

「どうして？」

「エヘン」安子は胸を張った。「わたしが一計を案じたから。我ながらグッドジョブだと思うからこの点は美和に褒めてもらわないと」

「どういうこと?」

「わたしがね、水着審査をやろうって強引に提案してその案を採用させたの。しかも白いビキニの水着審査」

「水着審査?」美和は一瞬、顔をしかめた。

「やりたくない?」安子が上目遣いで美和の顔色を窺う。「大丈夫だよ。美和は華奢だから。絶対に水着が似合うって」。それから安子は企みに満ちた笑顔を見せた。「それに比べて倉持穂乃果は絶対ダメ。NG。ノーグッド。前にも話したでしょ。あいつ、制服だとちょっとは着痩せして見えるけど本当はけっこうデブだって。とくにお腹のまわりなんかタップン、タップン。とても人様に披露できるような代物じゃないんだから」

「かわいそうに」

「うん、うん。だからね、あいつ必死でわたしの案に抵抗してたの。高校生の文化祭なんだからさすがに水着審査はマズイんじゃないの? せめてワンピース型の水着にするのはどう? とか言って。でも生徒会の男子メンバーがみんな賛成してね。あいつ押し切られちゃったの」

「へえ」

「とくに清野がね。『それいいよ、安子、ナイスアイディアだ』とか言うもんだから倉橋穂乃果は無条件降伏。ここだけの話だけどね、あっ、わたしたちの話は全部ここだけの話か」安子はぺろりと舌を出す。「清野と倉持穂乃果はね、なんとなく付き合っているみたいな雰囲気になっているけど、清野が本当に好きなのは美和だということに倉橋穂乃果は薄々感づいている。だから清野には対等な立場でものが言えないんだよ」

やはり安子は使える。美和がそのミスコンテストでグランプリを取ればファイナルプランにより鮮やかな演出効果が付与されるだろう。空前の殺人者として世間を震撼させた美和の個人情報をマスコミは根掘り葉掘り詮索する。たとえ美和が未成年だとしても。加害者の人権ばかりを尊重する少年法に疑義あり……と正義の味方を装いつつこの機会に一気に部数を伸ばしてやれと商魂たくましくそろばんを弾く四流週刊誌が「美しき殺人鬼はミス錬成館だった！」といった感じの大きな見出しつきでセンセーショナルに実名と顔写真を公開してくれればなおありがたい。

ファイナルプランについて安子と打ち合わせをした翌日、美和は朝のニュースを見た。渡瀬幹男は相変わらずコメンテーターとして出演している。スポーツ選手の偉業を満面の笑みでたたえたり、政治と金の問題に顔をしかめて苦言を呈したりしている。しかし渡瀬幹男の口調が最も熱を帯びるのは自身の教育論をぶつときである。教育問題については一家言持っていると勝手に自負している渡瀬幹男は少年犯罪についてのコメントを求められると暑苦しく持論を語る。もともと暑苦しい男がよりいっそう暑苦しくなるというわけだ。「こういうことをする子たちはね、道徳心や順法精神には当然欠けているんだけど、それ以前にね、目が輝いてないんですよ！　夢や目標をもって目をキラキラ輝かせていればね、犯罪で日頃の鬱憤を晴らそうとか、犯罪で自己顕示欲を満たそうなんて絶対に思わないから。今度私が理事を務めている錬成館で文化祭があるからよかったらみなさん見に来てください！　うちの学校の生徒はね、男女を問わずね、みんな目がキラキラと輝いていますから！」

渡瀬幹男が実質的に広告塔の役割を果たしているおかげで錬成館の知名度は抜群に高まっている。全国放送のニュースでことあるごとに「錬成館では——錬成館では——」と連呼しているのだから当然だ。渡瀬幹男には感謝しなければならない。やつのおかげで美和のファイナルプランがよりインパクトをもって世間に認知されるのだから。

26
親愛なる兄へ

お元気ですか？　ぼくは元気です。

でも元気じゃない人もいます。再三手紙に書いてきた和久井ゼミナールの塩崎先生が昨日の授業中に倒れられました。正確にいうと授業をするために階段で五階に上がっている最中に前のめりになって倒れ、そのまま救急車で病院に運ばれたのです。教務室に行って職員の方に「大丈夫なんですか？」と訊くと、「大丈夫。すぐに代替教員を手配するから」と言われました。ぼくは授業に穴があくのが心配だったのではなく塩崎先生の体調を案じていたのだからその職員の答えはちょっと心外でした。塩崎先生は幸いにも一命を取りとめたのですが、早期の復帰は無理なようで、教務職員の言っていたように新しい古文の先生が授業を代行するようです。代行といっても、そのまま塩崎先生に取って替わるのかもしれません。ぼくとしては塩崎先生の「古文総合」は和久井ゼミナールで一番好きな授業だったので残念でなりません。

心配で残念なお知らせはここまで。楽しみで待ちきれないニュースに移りましょう。

もうすぐ高校の文化祭が開かれます。来月の一日と二日です。去年までだと生徒は自由参加で、たいした催し物もなく、いつの間にか始まっていつの間にか終わっているというゆるい感じだったのですが、今年は違います。新生錬成館の第一回の文化祭を盛り上げるべく各自が何らかの貢献をするよう強制的に迫られているのです。行事好きの連中にはたまらないのでしょうけど、そういうのに関心がないぼくみたいな者には迷惑千万です……とつい先日までは思っていました。でもどうやらぼくの気持ちは変化しているようです。

生徒会が発表したところによると今年の文化祭では「ミス&ミスター錬成館コンテスト」なる企画を実行するらしいんですね。「ミスター錬成館コンテスト」では学校で一番格好いい男子を決める。言うまでもなくぼくにとってはどうでもいい企画です。「ミス錬成館コンテスト」では学校一の美女を決める。じつはこれもぼくにとってどうでもいい話です。その「ミスコン」に平林が立候補するらしい。それでもまだぼくにはどうでもいい話です。平林がミス錬成館になろうがなるまいが、ぼくには別に影響がないですから。ところがミスコンに水着審査があるとなると無関心ではいられません。平林が候補者として参加するミスコンに水着審査があるんですよ！　しかもビキニだそうです！　生徒会が指定する白いビキニ！　それを平林が着用するんです！　これを見逃す手はありませんぜ、兄貴——おっと、いささか文面が下品になってしまいました。

それにしても、あれだけ何事にも冷めた態度を取って孤高を気取っていた平林が文化祭の行事に積極的に参加するとは。しかもミスコン。驚きです。そんなのは彼女が一番馬鹿にしそうな企画なのに。

ぼくが期待したように平林の心境に変化が訪れたのかもしれません。善き方向への変化が。この前の作家の講演会で檀上の作家を中傷することで自己の存在をアピールしようとしたのとは異なり、いい意味での自己表現をしようと今回のミスコンに手を挙げたのかも。これまでの平林は周りの人間を冷ややかに観察して辛辣な評価を下すというタイプの女の子だったと思うのです。ところが今回は観察され、批評される側に回る。とても勇気のいる決断だったはずです。

考えてみたら平林ももう十七歳（ぼくももちろん十七歳）。世間に背を向ける時期は過ぎたのかもしれません。

ぼくも平林を見習い、勇気を振り絞って前に一歩踏み出すことにしました。どう踏み出すかは次回の手紙でお知らせします。

27

みなさんこんにちは。倉持です。

わが錬成館高校では十一月一日と二日にかけて文化祭が開催されます。新生錬成館の記念すべき第一回の文化祭です。「現状維持は後退と同じ。無謀なチャレンジを恐れるな」というのが渡瀬理事長のお教え。わたしたち生徒会の面々は理事長のお教えを実践するべくあれこれと文化祭の企画を練りました。守りに入らず攻めの姿勢でインパクトのあるイベントを！　そんな意気込みをもって知恵熱で頭が火照りそうなくらいみんなで議論を重ねた結果、ついにメインイベントの概要が固まりました。その内容をここで発表したいと思います。

ジャジャーン！

わたしたちはミスコンを開催することにいたしました。

えっ？　高校の文化祭でミスコン？　と疑問に思ったそこのあなた。ちょっと待ってください。ミスコンは色んなレベルで、色んな地域で開催されています。ミスインターナショナルというのもあるし、ミス日本というのもあるし、ミス姫路とか、ミス北海道とか、ミスさくらんぼとか、ミス着物とかいくらでもあります。各大学ではミスキャンパスというのもあるし。

大人や大学生がやっていることを高校生がやっちゃダメだっていうのは変ですよね。不条理ですよね。ミスインターナショナルを開催する人がいるなら、ミス錬成館を開催する人がいても全然問題ないわけです。

いや、大いに問題がある。そもそもミスコンなんていうのは女性差別の象徴だし、女性差別の温床だし、女性差別そのものだとクレームをつけようとしたそこのフェミニストなあなた。ちょっと待ってください。少なくとも錬成館でミスコンを開催するのは全く女性差別には当たらないと倉持は堂々と反論します。何故かというとですね――。

ジャジャーン！

わたしたちはミスコンと同時にミスターコンテストも開催するからです。つまり文化祭の二日目の午前中にですね、わが錬成館で最もイケている男子と最もイケている女子が決定するんです。錬成館のプリンスとプリンセスが誕生するんですよお。楽しみですねえ。

コンテストのやり方についてはですね、生徒会のみんなと熱心に話し合いました。それもまた充実した楽しい時間でしたね。みんなで力を合わせて何かを成し遂げる。それは何にも勝る喜びなんだなあと実感しました。やっぱり人間はひとりでは何もできないですからね。あらためて仲間がいることのありがたさが身に沁みました。みんなにはもう感謝、感謝です。で、具体的にどんな風にコンテストが行われるのかをいまから説明しますね。倉持の説明を聞いたら「おお、これは絶対見逃せないぞ」と前のめりになるのは必定ですよ。

まずミス錬成館コンテストもミスター錬成館コンテストも立候補制です。そして門戸は全ての生徒に開かれています。我こそは、と思う生徒がグランプリ候補に名乗り出るわけです。この点はですね、自薦だけでなく他薦も認めて、もし誰かに推薦されたら出場を断れないという方式も考えたんですよ。A子ちゃんがB子ちゃんを推薦して、A子ちゃんを中心にB子ちゃんの応援団が結成される。他の候補者にも同じような現象が起きる。その結果コンテストは団体戦みたいな感じで盛り上がる。そういう案も出たんです。でも待てよ、とこの案にはストップがかかりました。応援団が結成されるような他薦の人と、そういうのがない自薦の人が混じり合っちゃうとややこしいな、と。それだと自薦の人がちょっと可哀相な感じになっちゃうな、と。だったら他薦一本に絞ろうかとも考えたんですが、やっぱりどれだけ周りが素敵だと思っていても本人が内気で、そんな派手なイベントには出たくないっていう人もいるじゃないですか。だから強制というのはやっぱりマズいかなと考えました。それで結局、勇気のある人に自ら立候補してもらおうという結論に落ち着いたのです。

「穂乃果もけっこう綺麗なんだから立候補すれば」

そんなありがたいことを言ってくれる友だちがいて、よし、だったら倉持も自分から手を挙げてやるか、などと一瞬思いましたが、倉持は立候補はしません。もうみなさんもご存知のように倉持は「内気」とはかけ離れた性格ですから恥ずかしがって立候補を躊躇するなんてことはないんですけどね。でも生徒会の会長をかれこれ一年くらいやらせていただいてつくづく思うことがあるんです。それはつまりこういうことです。倉持は表舞台に立つよりも、縁の下の力持ちになって陰で他の人を支えるほうが向いているし、そういう目立たない役割をこなすことに喜びを感じる。裏方に回ってこそ倉持本来の力——ささやかではありますが——は発揮される、とまあそんな風に考えているのです。倉持ももう十七歳ですからね。自分がどういうタイプの人間かは段々と把握できるようになってきているんです。

さて、コンテストのやり方に話を戻すと、わたしたち生徒会は五つの審査項目を用意しました。まずは私服の審査。候補者の方にお気に入りの一着を持ってきてもらってそれを着てもらいます。やっぱり高校生ってファッションに興味がある人が多いでしょうからねえ。ちなみに倉持はファッションには疎くていつも野暮ったい服装を友だちに馬鹿にされているんですけど。次に特技の審査。じつは倉持の一番のおすすめはこれです。倉持の特技といえば変顔でみんなを笑わせるくらいしかないのですが、もっと凄い特技を隠し持っている人はけっこういると思うんですよね。例えばテーブルクロス引きとかジャグリングとか。でも案外そういうのって普段披露する機会ってなくないですか？　高校生には忘年会も新年会もないですし。だからこの企画にはビックリ箱的な楽しさがあると思うんですよ。想像もしないような凄技が披露されて「あいつにはあんな才能があったのか！」とみんなが驚嘆し、会場が「おおお！」と沸くみたいな。そういう光景が見られることを期待しています。さらに歌唱力の審査。これはちょっとしたカラオケ大会みたいになるはずです。歌が嫌いな人はまずいないのでコンテスト会場を盛り上げるには打ってつけの企画といっていいでしょう。それからスピーチ力の審査。もし今回のコンテストにはあくまで反対だという頑固な大人の方がいるとしたら、この審査項目に注目してほしいですね。ミス&ミスター錬成館コンテストといってもただチャラチャラ盛り上げようとしているわけじゃなくてきちんと内面や知性を競い評価しようっていう心意気もあるんですからね。その象徴がスピーチコンテストです。ミス&ミスターコンテスト版「青年の主張」です。

ん？

そういうのは退屈そうですって。はい。ごもっとも。もしかしたら同年代の方にはこういう真面目な試みはあまり響かないかもしれません。そんなあなたのために、わたしたちは最後にとっておきの見せ場を用意しています。

なんと、それは水着審査。

「高校生には高校生にしか表現できない肉体の美しさがあるんだから水着審査を取り入れるっていうのもアリじゃない？」

わが親友であり、同志であり、生徒会のムードメーカーでもある安子がこんな提案をしてくれたのです。倉持は一も二もなく賛成しました。「凄い。グッドアイディア。さすが安子！」と叫びながら。

ミスター候補用のブーメラン形海水パンツに女子の目が釘《くぎ》づけになるのは間違いなし。それ以上にミス候補のビキニ姿に男子の熱視線が注がれるのは間違いなし。そしてコンテストが大いに盛り上がり大成功を収めるのも間違いな～し……といささか悪ふざけ気味に大騒ぎしてしまいました。

　でも真面目な話、安子が言うようにこの年代にしかない肉体の美しさってあると思うんですよ。肌のハリとか艶《つや》とか、体のラインとか。決していやらしい意味じゃなくて。いまは確かにそこにあって、でもいずれは失われてしまうもの。限定されているが故に余計にその魅力が引き立つもの。高校生の肉体の美しさってそういう側面があると思うんです。だから水着審査を実施することも全会一致で決まったんです。

　以上がコンテストの内容の概要です。どうですか？　興味が出てきたんじゃないですか？

「おいおい、ちょっと待て。そのミス＆ミスター錬成館コンテストとやらを見に行きたくてしょうがなくなっちまったぜ。でもおれの家から錬成館は遠いし、第一その日は用事があって会場に足を運べないよ。このおれのモヤモヤした気持ちをどうしてくれるんだあ！」

　などと憤っている方もいらっしゃるかもしれません。

　でもご心配なく。コンテストの模様はわが校が誇る優秀な映画部の部員とパソコン部の部員ががっちりとタッグを組んでインターネットで配信するので、実際に会場に来られないというみなさんは是非、是非、是非、ネット動画のほうでコンテストの成り行きを見守ってください。最後まで。よろしくお願いします。

さて、ここからはもうひとつのお知らせです。ミス&ミスター錬成館コンテストは学校全体の企画ですが、もちろんクラス単位の出し物もあります。倉持の所属する三年F組は「わんこ蕎麦大会」を催します。

これもなかなかオリジナリティーのある企画だと倉持は密かに自負しているんですよ。飲食店を開くというのは文化祭の定番ですけど、大食い大会は珍しいんじゃないでしょうか。どうでしょうかね？　ただ模擬店を開くだけじゃつまらない。イベント性があったほうが面白いということでこの企画をまとめたんですけどね。

その程度の企画ならうちの学校でもとっくにやってるぞとか、テレビ番組の企画をパクっただけじゃないかと言われると倉持としてはグウの音も出ないんですけど。そういうときはこの企画の言いだしっぺである安子に全責任を押しつけることにして（申し訳ない。許せ、安子）。

でも冗談抜きで面白いと思うんですよね。抜けるような青空のもと、学び舎《や》の校庭で行われる「わんこ蕎麦大会」。アメリカではホットドッグの早食い競争があるみたいですけど、日本人はやっぱり蕎麦ですよ、蕎麦。

では大会の方式を説明しておきますね。まず各クラスからひとりずつ出場者を選んでもらいます。出場者なしのクラスがあったらどうしようとビクビクしてたんですけど、幸いわたしたちの事前のPR活動が功を奏してすべてのクラスが出場者を選出してくれました。錬成館は一学年が九クラスですからクラスの代表者は全部で二十七名です。それに加えて体育会のクラブから一名、文化系のクラブから一名、教職員の方から一名、それぞれ出場者を募りました。各クラスの代表者の二十七人にこの三人をプラスした合計三十人の戦士たちがそれぞれの所属集団の期待を背負い、名誉と誇りをかけてバクバクとわんこ蕎麦をかき込むというわけです。

われらが三年F組の代表は戸塚原くんです。戸塚原くんは成績は抜群なのですが、どちらかというと無口でおとなしい男の子って感じで食も細そうなので、「絶対にぼくが出る」と彼が猛烈アピールをしたときは倉持も驚いてしまいました。でも、おとなしそうに見えてやるときゃやるんですねえ。凄いぞ、戸塚原くん！　三年F組の代表として頑張ってくれ！

とここでみなさんにひとつお知らせがあります。「わんこ蕎麦大会」にはもうあと三名、オープン参加枠をご用意しているんです。参加資格に制限はありません。当日に来場された方のどなたでも飛び入り参加できます。おれは鉄の胃袋を持っていると豪語する方。わたしは華奢な体に似合わず大食いなのよという羨ましい方。ただ単にお腹がすいている方。遠慮せずにエントリーしちゃってください。三名ですからね。早い者勝ちですよ。本当はオープン参加枠をもっと増やしたい気もしたんですけど、給仕係を三年F組のみんなが務めることになっているので、合計で三十三人っていうのが限界だったんですよね。まあでも、これがちょうど適当な人数かなとも思うんですよ。一斉に「よーい、ドン」で食べてもらいますから、大会を見物するお客さんからしたら三十三人くらいが全体を見渡せるちょうどいい人数じゃないかなと。

「おっ、二年D組が現在トップか」

「いや、でも三年B組が追い上げてきた」

「体育会の代表なのにあいつ、意外と苦戦だな」

「なんてこった、一年E組の女の子が猛追してきたぞ」

「でも先生も案外健闘してる」

みたいな感じで盛り上がりますよお、きっと。

しかも優勝賞品はわたくし倉持の祝福のキスですからね……というのは嘘です。そんなもん欲しくないぞ、と逆に競技者のモチベーションを落としてしまっては大変ですからね。わたしたちは倉持のキスなんかよりもっと素敵な賞品を用意しています。優勝された方にはですね、渡瀬理事長のご著書「なぜ夢を追いかけないのか」のサイン本が進呈されるんですよ。渡瀬理事長は基本的にご著書にサインをすることはないそうなのでこれは貴重品ですよお。

　そんなこんなで文化祭の成功に向かって驀進《ばくしん》中の倉持なのですが、準備の過程で経験した、どうしてもみなさんに紹介しておきたい素敵なエピソードがあります。

「わんこ蕎麦大会」を実施するにあたって最大の障壁は大会を開催できるだけのお蕎麦を準備できるかということだったんですね。もちろん参加者の数をグッと限定すればお蕎麦の量は少なくて済むんですけど、それじゃあイベント自体が侘しいものになる。安子とも「最低三十人くらいの参加者は欲しいよね」などと話し合っていました。ただ学校から配分される予算は限られているし、そうかと言って高校生がお小遣いを持ち寄ってもたかが知れているし。そこで思い切って渡瀬理事長に直《じか》談判をしたんです。生意気なのは承知で。失礼なのも承知で。「わたしたちは何としても『わんこ蕎麦大会』をやりたいんです。それも、いかにも所詮高校生の文化祭といった感じのこぢんまりとした大会じゃなくて、大規模で派手な熱気に満ち溢れた大会を。ついては幾ばくかの金銭を融通していただけないでしょうか」と。

　渡瀬理事長のお答えはひとこと。「自分たちで何とかしなさい」

　やっぱりそうだよなあと倉持たちは肩を落として理事長室を去りました。それからはまた話し合いに次ぐ話し合いです。短期間のアルバイトでもしようか。緊急に寄付を募ろうか。親に頼もうか。いっそのこと「わんこ蕎麦大会」は諦めて別の企画を考えようか……結論は杳《よう》として出ません。ああでもない、こうでもないと頭をひねること三日間。これといった名案は出ず、ふつうにカレー屋さんでもやるしかないか、なとど妥協をしかけたそのときです。おそろしいほど大量の蕎麦粉が宅急便でわたしたちのクラスに届いたのです。差出人は渡瀬理事長。受取人は三年F組有志一同。なんだかわけがわからず倉持たちは再び理事長室を訪ねました。

「あの、さっき突然わたしたちの教室に宅急便のお兄さんたちが蕎麦粉を運んできてくれたんですけど」

渡瀬理事長はきれいな笑顔でおっしゃいました。「きみたちが私の心を動かしたんだよ。だから私は喜んで蕎麦粉を用意させてもらった。つまり君たちは自分たちで何とかしたってわけだ」

渡瀬理事長はちゃんとわたしたち生徒のことを見てくださっているんですよね。そしてわたしたちが情熱を示せばそれ以上の情熱を返してくださる。しかも粋な計らいと粋な台詞とともに。本当に格好いいです。どうして渡瀬理事長が「パース・ポポロ」グループの全ての従業員から慕われ、尊敬されているのか。その理由が理解できた倉持なのでした。

第十章　仕込み

28

ファイナルプランの遂行のための諸条件を整えてくださったことに感謝します。

美和は居住まいを正してユウちゃんに感謝の意を述べた。頭《こうべ》を垂れ、これまでの導きに感謝した。そう、何もかもユウちゃんのお導きだとしか思えない。渡瀬幹男はこの世で最も不快なタイプの男だった。安子はこの世で最も鬱陶しいタイプの女だった。しかしこの両人が図らずもファイナルプランの成就に絶大な貢献をしてくれるとは。

渡瀬幹男が鼻息荒く錬成館を買収してくれたおかげでこの学校の名前は必要以上に世間に浸透している。ふだん渡瀬幹男が語っている崇高な教育理念と現実に起こった事件の陰惨さのギャップに世の人々はひっくり返るだろう。

安子の父親の工場が潰れてくれたおかげで十分な毒物が手に入った。その毒物が蕎麦粉を通じて三十人以上の（おそらくは三十三人の）人間の体内に入り、彼らは絶命する。白目をむき、血を吐き、うめき声を漏らしながら地に倒れる。何が起こったのかさっぱり理解できないままに死んでいく。しかしそもそも人間はいつか死ぬのだ。美和によって命を奪われる彼らはむしろラッキーとさえいえる。無名の一般人のまま死ぬよりも、世紀の殺人者、平林美和の手にかかって死んだほうがはるかに名誉なはずだ。

（夜だよ、美和ちゃん）

ファイナルプランの最大の山場でもユウちゃんは適切に美和を導いてくれた。しかもこれまで以上に丁寧に、愛情を込めて。美和はユウちゃんの声に従う。全面的にユウちゃんの魂に身を委ねる。何ともいえない不思議な、心地よい感覚。まるで羊水に浮かんでいるようでもあり、夢のなかを彷徨っているようでもあった。

（行こう、美和ちゃん）

うん。

（忘れ物はないよね）

うん。

美和はショルダーバッグに必要な物を詰め込み玄関のドアを開けた。

住宅街は闇に包まれている。家々も、道路も、電信柱もぼんやりとした影にしか見えない。黒ずくめの風景が広がるなか、月だけがぽっかりと空に浮かんでいる。冷気が頬を撫でた。

（寒くない？）

大丈夫。

美和はユウちゃんと歩き始めた。この世界に美和とユウちゃんの二人しか存在しないような感覚だ。なんて幸せな、この感覚。

安子が直前になって怖気づいてくれてよかった。

※

「ごめん、美和。やっぱり実行犯になるのは怖い」

安子はそう言った。

「いいわよ、べつに」と美和は言った。「その代わりこの毒物は使わせてもらうから」

「それはもう好きに使って」

「それと、わたしの邪魔をしないでよね」

「絶対にしない。それだけは約束する」

「この毒もわたしがたまたま廃工場でみつけたってことにしてあげようか」と美和は言った。

「ありがとう……。正直、そうしてくれると助かる。ほんとうにごめんね」

安子は申し訳なさそうに目を伏せた。

※

べつに申し訳なく思う必要は全然ない。安子は駒としての役割を立派に果たしたのだから。むしろちょうどいいタイミングで美和のもとから消えてくれたともいえる。ちょうどいいタイミングで美和が描く絵に入ってきて、ちょうどいいタイミングで背景に消えていってくれた。これ以上随行されても意味がないし、むしろ迷惑だ。

　美和は電車は使わず徒歩で学校に向かった。ユウちゃんと二人きりの世界を嚙《か》みしめるようにゆっくりと歩いた。ちょっとした夜のハイキングだ。いや、変な横文字を使うのはよそう。ハイキングではなくて、そう、遠足だ。ユウちゃんと歩く夜の遠足。

（楽しいね）

　うん、楽しい。

（むかし、ぼくがまだ五歳のころ、美和ちゃんが保育園に迎えに来てくれてたよね）

　そうだったね。

（それで手を繋いで家に帰った）

　畦道《あぜみち》を通ってね。

（ほんの二キロくらいの道のりだけど、凄く長く感じた。長いけど、全然退屈しなかった）

うん。

(そういうことをいま、ふっと思い出した)

そっか。

(なんか懐かしい)

わたしも。

(幸福な幼年期だった)

うん、幸福だったよね、あの頃は。

街道沿いの歩道は避けて細い路地を縫うように歩いた。どれだけ歩いても疲れは感じない。それどころか歩けば歩くほど体が軽くなってくる。体の芯は氷柱を突き刺したように冷え切っているけど手足だけは熱を帯びて温かい。夜風が止み、そして吹いた。雲が流れ月を覆い隠した。

(月がきれいだね)

うん、きれい。

やがて薄暗い空間のなかからぼんやりと錬成館の校舎が姿を現した。深夜の校舎は海底に沈んだ要塞のように見える。人影はない。美和は正門を乗り越え、左に曲がって、北校舎の一階のドアの前に到達した。そこで安子に作らせておいた合鍵を取り出した。生徒会の連中は頻繁に職員室に出入りするので、校舎のドアの鍵を一時的に拝借して合鍵を作ることなど容易だ。不用心といえば不用心だが、思慮の足りない大人たちは全面的に性善説に立っているにちがいない。人間の裏側を見る能力がないのだ。鍵を開け、室内に入った。廊下の突き当たりが家庭科室。安子がもたらした情報によれば、そこに蕎麦粉を保管してあるという。

ドアを開けると六つのテーブルの上にラップで蓋をされたボウルがびっしりと並べられているのが見えた。何十個ものボウルが暗がりの家庭科室で行儀よく並んでいる様子は喩えようもないほど不気味だ。それぞれのボウルのなかには蕎麦粉が入っている。たっぷりと。そしてそれに負けず劣らずたっぷりと美和は毒物を携えている。

美和はショルダーバッグから茶色い小瓶をひとつ取り出した。二ダースほど持ってきている小瓶がひとつでも割れていたらどうしようとふいに不安になったけれど、大丈夫。それらの瓶は――いや瓶のなかに詰められた毒液は――万全の態勢で今か今かと蕎麦粉に混入されるのを待っている。

安子のアドバイスに従って軍手とマスクとゴーグルを着用し作業に取り掛かった。ラップを外し、毒液を蕎麦粉に混ぜて軍手をはめた手でもみ込む。それから新しいラップをかけて元の状態に戻しておく。全てのボウルに漏れなく毒液を仕込むのに四十分あまりの時を要した。やるべきことをやり終えると、美和は深い息を吐いた。

ユウちゃん。わたし、やったよ。

（これで完璧だね。お疲れさま、美和ちゃん。さあ、早く家に帰ろう。そしてゆっくりと眠ろう。きっといい夢を見られるよ）

美和はそうした。

29

親愛なる兄へ

お元気ですか？

ぼくは体調は万全なのですが、お腹がすいて頭も体もフラフラしています。なんと言うか、ちょっとしたトリップ感さえあります。なぜそんなにお腹がすいているかというと、三日間なにも食べていないからです。生まれて初めて経験する激しい空腹状態でこの文章を書いているのです。というより空腹を紛らわせるためにペンを動かしているといったほうが正確かもしれません。なぜ三日間もなにも食べずお腹をすかせているかというと、わんこ蕎麦大会に参加するためです。いきなりこんなことを書いても兄さんには何のことやらさっぱりわからないかもしれませんね。

明日から二日間、錬成館の文化祭が開かれます。そしてぼくたちのクラスの出し物としてわんこ蕎麦大会が開催されることになったのです。ルールは極めて簡単。制限時間内に何杯のわんこ蕎麦を食べられるかを競うだけです。制限時間はたぶん五分だったと思います。だから大食いというよりはむしろ早食いですね。ただまあ、それにしてもお腹をすかせておくに越したことはありません。ぼくは本気で優勝を目指していますから。

さて、もうひとつ「なぜ」を突き詰めて、なぜぼくがわんこ蕎麦大会で優勝を目指しているかというと、こればっかりは自分でもよくわかりません。勇気をもって今までにやったことがないことにチャレンジしようと思った。簡単に説明すればそういうことです。でもよりによってどうしてわんこ蕎麦大会なのでしょうか？　おそらく平林が「ミスコン」に立候補したから、じゃあぼくはわんこ蕎麦の大食いだ！　と即決したのかも。でもやっぱりよくわからない。人間はごく稀《まれ》に自分でもコントロールできない不可解な力に背中を押されて突拍子もない行動に出ることがあるものなんですね。平林が「ミス錬成館」になって、ぼくがわんこ蕎麦大会で優勝したら「お互い、トップ取ったね」みたいな連帯感が生まれてついに平林と親しくなれる……。もしかしたらぼくはそんな下心を抱いているのかもしれません。

それにしてもお腹すいた。文章を書いていると気が紛れるかと思ったけどますます頭がフラフラするだけでした。

とにかく。

なにもかもが上手くいくように、兄さんも草葉の陰から祈っていてください。

30

みなさん、おはようございます。

そうです。「おはようございます」なんです。朝なんですよ！　朝！

倉持はいつも自宅でこのブログを書いています。それは夕方だったり夜だったりするんですけど、夜に書いているときも便宜上「こんにちは」とご挨拶してきました。だから朝っぱらからブログを書くのはこれが初めてです。もちろんそれには理由があって。今日はわが錬成館高校の文化祭の二日目なんです。初日の昨日は父兄の方をはじめとして大勢の方に足を運んでいただき、文化祭は空前の盛り上がりを見せました。生徒会長であり文化祭の実行委員長でもある倉持としては鼻高々で、昨夜は気分が高揚してなかなか寝つけませんでした。気がついたら時計の針が午前二時を指していて、倉持大慌てでしたよ。まずい、まずい、明日に備えて早く眠りにつかなければ。そう思った倉持はただちに羊を数えはじめたのでした。羊が一匹、羊が二匹、羊が三匹――で、結局三十四匹くらいまで数えましたかねえ。倉持の頭のなかが羊の毛だらけでモコモコになった頃、ようやく眠りに落ちました。そして目覚めたのは午前六時。結局、夕べの睡眠時間はたった四時間です。でも心配ご無用。倉持は元気もりもりです。まったく疲れなんて感じないですね。渡瀬理事長が常日頃おっしゃっているように毎日が充実していれば少々の疲れなんて吹っ飛んでいくらでも働けるものなんですね……あれっ？　何の話でしたっけ？　そう、そう。朝っぱらからブログを書いている理由でした。

いやあ、さっきも言ったように昨日の盛り上がりがあまりにも素晴らしかったものですからね、倉持はすっかり興奮してしまったわけですよ。それでこの興奮を是非とも文章で表したいと思ったんですね。そしてどうせなら学校にパソコンを持ちこんで現場から実況中継みたいな形でブログを書こう。そんなアイディアが閃《ひらめ》いたんです。だからこうして朝っぱらから学校にパソコンを持ちこんでせっせとキーボードを叩いているんです。なにしろ文化祭のメインイベントである「ミス＆ミスター錬成館コンテスト」と「わんこ蕎麦大会」が本日開催されるわけでして。昨日以上に盛り上がるのは火を見るよりも明らかですからね。実況中継のしがいもあるというものです。もちろん倉持にはやるべき仕事が山ほどあるので、その仕事の合間を縫って随時ブログを更新していくという形になると思いますが。

さて、倉持はいまグラウンドに足を運んでいます。ここはふだん野球部やサッカー部や陸上部が汗を流しているところなんですが、今日の午後は「わんこ蕎麦大会」の会場になるんですよ。いや、会場というよりは競技場ですね。この場所で熾烈《しれつ》なフードファイトがくり広げられるんですから。誰が優勝するんですかねえ。グラウンドにはテントが張られ、折り畳み式のテーブルと椅子が並べられています。昨日は蕎麦打ちをしてそれを細かく刻んで麺《めん》にするという作業をみんなで体験したんですけど、みんな下手くそで笑ってしまいましたよ。もっとも倉持もみんなのことを笑えないんですけどね。お蕎麦屋さんが蕎麦打ちをしている様子はテレビで時々目にしたりしていて、あれなら倉持もできるんじゃないかと楽観視していたのですが、見るのとやるのでは大違い。専用の蕎麦打ち包丁でおそるおそる蕎麦粉を切った結果、何だこれは？ラーメン用のちぢれ麺か、と自分自身にツッコミたくなるようなギザギザの麺になってしまう体たらく。まあでもしょうがないですよね。なにせ初めての体験なのですから。幸いクラスに志水くんというお蕎麦屋さんの息子がいて、彼はすでに職人並みの技量を持っていました。なにしろ志水くんは親の跡を継ぐために日頃から勤勉にお店のお手伝いをしているのです。そんな感心な孝行息子の志水くんの指導のもと、なんとか大量のお蕎麦の麺が出来上がったという次第です。というかわたしたちの滅茶苦茶な作業をことごとく志水くんが補修してくれただけなんですけど。

でもまあとにかく準備万端。あとは家庭科室から汁の入った大鍋と三千個（！）のお椀をここに運び込んでくるだけです。ちなみにお椀はレンタルです。お椀を三千個も買った日には生徒会の財政が破綻してしまいますから。

それにしても世の中、色んなものをレンタルできるんですね。文化祭の実行委員の仕事をする前まではレンタルといえばＣＤやＤＶＤ、あとせいぜい貸衣装屋さんから借りるウエディングドレスくらいしかイメージできなかったのですが。いやはや、勉強になります。

勉強になるといえば、昨日、すごく興味深いことがあったんですよ。お蕎麦の麺が出来上がったあと誰かが「美味そうだからちょっと味見してみようぜ」なんて言い出したんですね。でもそれを安子が断固として撥《は》ねつけたんです。「これは大食い競争用に作った麺だからつまみ食いなんてしちゃダメ！」と。

安子はこのブログにも再三ご登場いただいている倉持の親友です。最初に彼女と喋ったのは高校一年のときで、性格が明るいのはいいとしても、かなりちゃらんぽらんなところがある子だなあという印象だったんですね。でも昨日安子が示した毅然とした態度を見てですね、彼女も成長したんだなと感心してしまいましたよ。そう言えばここ最近の安子は一年生の頃に比べると格段にしっかり者になった感じがするなあ。やっぱりね、人は成長するし変われるんですね。だから「この人はこういう人間だ」

なんて安易に決めつけちゃいけないですよね。一見悪ぶっている人が実は温かい思いやりの持ち主だったり、一見いい加減な性格の少女がしっかり者の女性に成長したり。どんな人間に対しても勝手に否定的な評価を下しちゃいけないという倉持の持論が図らずも昨日証明されました。

まあ倉持の持論はどうでもいいです。親友の成長する姿を見てなんだか自分まで誇らしい気持ちになった。それで十分です。

倉持は講堂に移動しました。「ミス&ミスター錬成館コンテスト」はここで厳粛に執り行われます。そしてこちらのほうも準備万端。ミス錬成館の頭上に輝くティアラ。ミスター錬成館の頭に被せる月桂冠。グランプリの発表のあと二人が飲み干すノンアルコールシャンパン。シャンパンを注ぐための二つのグラス。BGMをかける音響機器。カラオケセット。コンテストの進行を記したプログラム。来場した観客兼審査員の方々に配る採点表。それからもちろん万が一倉持が進行の手順を忘れた場合のいわゆる「カンペ（カンニングペーパー）」。コンテストにエントリーした美しき勇者たちと同様、ここに揃えられた小道具たちも静かに各々の出番を待っています。

あっ、申し遅れましたが、倉持は「ミス&ミスター錬成館コンテスト」の司会という大役を拝命しております。そして本番の進行についてはイメージトレーニングをしたので完璧に頭に入っています——と自信を持って胸をどんと叩きたいところではありますが。そこはおっちょこちょいの倉持のこと。本番の最中に頭のなかがとっちらかって記念すべき第一回の「ミス&ミスター錬成館コンテスト」を台無しにしては大変です。でもこういうときに頼りになるのがやっぱり渡瀬理事長の「夢語録」。「備えあれば憂いなし。準備があれば混乱なし」。日頃のホームルームで何度も朗読して心に刻まれたこのフレーズのありがたみを感じながら「ティアラ、よし」、「グラス、よし」、「シャンパン、よし」と鉄道会社の職員さんよろしく指差しチェックをする倉持なのでした。

コンテスト開催のための最終チェックをすませ、ふと講堂に目をやると、客席にクラスメートの姿をみつけました。戸塚原くんです。まだコンテストの開始時刻までは一時間以上あるのに、すでに最前列の中央の椅子に座っています。さっそく話しかけてみましょう。

「おはよう、戸塚原くん」

「ああ、おはよう」

「ずいぶん早いね」

「早めに目が覚めたから」

「へえ、わたしと同じだ。わたしもばっちり早起きしちゃった」

「準備、大変そうだね」

「全然。みんなが頑張ってくれているからわたしはただついて行ってるって感じ。あっ、そうだ。採点表、もう配っとこうか」

「ああ、うん」

「はい、どうぞ」

「どうも」

「わたしの親友の美和が出るからさ。応援してあげてね」

「ああ、そうなんだ。わかった」

「でも審査の点数は公平にね。なにしろ神聖なる第一回ミス&ミスター錬成館コンテストだから」

「うん」

「それから、わんこ蕎麦大会。頑張って」

「了解」

「三年F組の名誉がかかってるんだから」

「そんなものがかかってるんだ」

「あたりまえだよ。全クラスの代表者が参加して勝ち負けを競うんだから。是非とも三年F組の頭上に栄冠を」

「ま、精一杯努力してみるよ」

――という気合い十分（？）の戸塚原くんでした。

さあ、みなさん。午前九時です。講堂は満席になりました。なんと立見の方もいらっしゃいます。いよいよコンテストが開始されますよお。倉持はいったんパソコンをマイクに持ち変えて檀上に上がらなければなりません。お仕事、お仕事。でもブログのほうも司会の合間をぬって細切れに更新していきますのでご心配なく。

※　※　※

失礼しました。一度もブログを更新することなくコンテスト参加者のパフォーマンスが終了してしまいました。みんなのパフォーマンスが素晴らし過ぎて思わず立場を忘れて見惚《みと》れてしまいブログどころではなくなったのです。凄い！　みんな本当に凄い！　倉持、不覚にも感動しまくって涙を流してしまいました。やっぱり一生懸命頑張っている人って輝いて見えるなあ。

いや、でもすみません。文化祭の熱気を実況中継するなんて威勢よくぶち上げたのに肝心のコンテストの様子は全然文章にできなくて。みんなのパフォーマンスを見ていたらキーボードを叩いている場合じゃないぞと思ってしまったんですよお。候補者の勇姿を瞼に焼き付けておきたい一心でブログのほうは放置しっぱなしという情けない結果に相成りました。まあこの際、倉持のブログなんてどうでもいいですよね。前回更新したブログでお知らせしたようにこのコンテストの模様はわが校の映画部とパソコン部が抜かりなくカメラを回して動画としてインターネットで配信していますから、興味のある方は是非そちらのほうをチェックしてみてくださいね。

さて、コンテストの結果が気になります。ご来場の方に点数を記載していただいた投票用紙が続々と栗本くんのもとに集まってきています。得点の計算は栗本くんにお任せということになっているのです。

ここでちょっと栗本くんをご紹介しましょう。栗本くんはわたしたちの生徒会で書記と会計を担当しています。なにしろ彼は今年の六月に簿記検定一級試験に合格した強者《つわもの》。お金そのものよりもお金の計算をするほうが好きだと豪語する根っからの会計人です。ちょっとインタビューをしてみますね。

「どうも栗本くん」

「どうも会長」

「いやいや、会長はやめて」

「じゃあ、ふだんどおり穂乃果ってことで」

「じゃあ、わたしもふだんどおりクーリーってことで。どうですかクーリー。投票用紙が机に積み上がっていますけど」

「責任の重さに身が引き締まりますね」

「でも簿記検定一級のクーリーからすればこれくらいの計算は朝飯前でしょう。もうすぐお昼ご飯の時間ではあるけど」

「いやいや。簿記検定ではミスをしてもおれが試験に落ちるだけだけど、このコンテストの得票数の計算ではいっさいミスは許されないから」

　と言いつつ、栗本くんは神業のような指さばきで電卓を叩きはじめました。「なんでこんなに素早く指が動くの？」

「慣れだよ、慣れ」

「喋りながらでも計算は出来るんだ」

「まあね。会話と電卓計算ではそれぞれ脳の別領域が働いてくれる」

「さすが。人間計算機」

「えっ、おれそんな風に呼ばれてんの？」

「呼ばれてない。いま思いついた」

「なんだ」

「クーリーの将来の夢はなんですか？」

「企業の経理部で働きたいね。できれば理事長の会社で」

「おっと、聞こえましたか？　渡瀬理事長。ここに金の卵が転がっていますよ」

「いや、聞こえてるわけないだろ。理事長は海外出張に出かけてるんだから」

「そうです。多忙な渡瀬理事長はやんごとなき所用があって海外出張中なんです。文化祭を見学できないことを残念がっておられました」

　などと雑談に興じているうちにどんどん集計作業は進んでいます。果たして第一回のミス錬成館、ミスター錬成館の栄冠に輝くのは誰なのでしょう。ドキドキ。倉持の胸の鼓動は高まってきました。でも人間計算機の異名をとる栗本くんはあくまでクール。淡々と淀《よど》みなく電卓を叩いています。

　おっ。ついに集計作業が完了したようです。栄えあるグランプリは誰の手に？

　倉持はプレゼンターとしてもう一度舞台上に戻らなければなりません。

だから午前中のブログはここまで。午後からは「わんこ蕎麦大会」があるのでコンテストの優勝者の名前は「わんこ蕎麦大会」の実況報告――今度こそちゃんとリアルタイムで文章を綴るぞ――の前にあらためてこのブログ上で発表したいと思います……とこの場ですぐに結果をお伝えせず、みなさんを焦らせてにやにやしているちょっぴり意地悪な倉持ですが。うふふ。一刻も早く結果を知りたいというせっかちな方は生中継の動画で授賞式の模様をご覧になってくださいね。

ではブログだけのお付き合いの方とはいったんここでお別れを。午後の「わんこ蕎麦大会」であらためてお会いしましょう。

第十一章　病のゆくえ

31

物見高い愚鈍な者たちが朝っぱらから講堂に集まっている。これからはじまる「ミス&ミスター錬成館コンテスト」は盛況のうちに執り行われそうだ。倉持穂乃果が本番の準備のためにあっちにウロウロ、こっちにウロウロと東奔西走している。腹がたぷっとしているが故に自分が立候補できない悔しさをせわしなく動き回ることでまぎらわそうとしているのだろうか。いや、あの単細胞女はもうそんな悔しさはケロッと忘れて気持ちを切り替えているのかもしれない。気持ちを切り替えて「このビッグイベントを成功させるために精力的に動き回っているわたし」に酔っているのかもしれない。倉持穂乃果には一貫してそういうところがある。忙しぶりっ子というか、充実ぶりっ子というか、頑張りぶりっ子というか、とにかく「一生懸命何かに打ち込んで成長しているわたし」が大好きなのだ。蓼《たで》食う虫も好き好きという諺《ことわざ》はあるが、「頑張っている自分が好き」というのは相当に趣味の悪いゲテモノ食いと断定せざるを得ない。たぶん倉持穂乃果は生涯変わらずあのままで、呆れるくらい長生きをして、たとえ百歳になっても「まだまだ人生はこれから。死ぬまで青春です」などという荒唐無稽なスローガンを平気でかざしていそうだ。

ミスター錬成館への立候補者は九人。清野も立候補している。ミスター錬成館に選ばれるのは間違いなく清野だ。彼が特別魅力的なわけではなく他の八人がひど過ぎる。どうして男というものは大人に近づくにつれてあんなにも汗臭く、暑苦しく、野卑になるのか、不思議でならない。候補者のなかには嚙ませ犬であることは承知の上でギャグ同然に立候補している体重が百キロ近くありそうな太った一年生も交じっていた。その一年生以外の七人の候補者たちもみな揃いも揃って体毛が濃そうだ。

ミス錬成館への立候補者は美和を含めて四人いた。かなり見覚えのある同学年の女がひとり、多少見覚えがある二年生の女がひとり、ほとんど見覚えのない一年生の女がひとり。いちおう美和のライバルになりそうなのは二年生の女だけだ。もっとも同学年の女も、一年生の女も、女のくせに鏡をちゃんと見たことがないのか「わたしこそはプリンセス」という意気込みだけは十分に持ち合わせているようだ。

(周囲の連中のことなんて気にする必要はないよ)

ユウちゃんの声だ。

(やつらはただ校内で目立ちたい一心で立候補してるだけなんだから)

そうね。

(でも美和ちゃんはそうじゃないでしょ)

美和はうなずいた。

（美和ちゃんの目的はなに？）

伝説の殺人者としてのインパクトをより強めること、と美和は答えた。

（そうだよね。伝説の殺人者。殺人鬼でも殺人魔でもなく殺人者）

うん。

（殺人鬼や殺人魔なんていう化け物みたいな名称は美和ちゃんにふさわしくない）

うん。

（殺人者。平然と人を殺す者）

そう。美和は殺人者。

（俗人たちの間抜けな自己顕示欲なんか無視して、美和ちゃんは美和ちゃんがやるべきことをやればいいさ）

その通りだ。美和が最も忌み嫌っている生き物——つまり人間——の熱気が鬱陶し過ぎて自分自身を見失うところだった。伝説の殺人者として生きている人間への憎悪を明確にし、この世を去る。そしてあの世にいるユウちゃんの清らかな魂と交流する。それこそが美和が根本的に希求していることだった。

ミスコンテストの審査対象は五項目。ファッションセンス、特技、歌唱力、スピーチ、そして水着審査。ファッションセンスの審査は要するに私服を着てそれについて自分でコメントをするだけ。特技の審査は要するに舞台上で特技を示すだけ。歌唱力の審査は要するにカラオケで一曲歌うだけ。スピーチの審査は要するに五分程度の独白をするだけ。水着審査はあらかじめ候補者が申請したサイズに基づいて生徒会が用意した白いビキニを着てぼさっと突っ立っているだけ。どれもこれもいかにもテレビ番組の影響を受けましたみたいな底の浅い項目だ。

しかしこのような俗っぽい審査項目でさえも美和が行うと聖なる色合いを帯びる。期せずしてどの項目もユウちゃんの想い出と密接に結びついているのだ。目に見えない力が働いているとしか思えない……。

午前九時半、コンテストはファッションセンスの審査から始まった。ここで候補者は制服から私服に着替える。私服といっても普段着というわけではなく、それぞれがとっておきの勝負服（だと思っている服）を用意してくる。

同学年の女は「舞踏会にでも出かけるつもり？」と揶揄したくなる派手なミッドナイトブルーのドレスを着てきた。そのむかし、ある女性大学教授が民間から閣僚入りして最初の登庁日に場違いな青いドレスを着て来て、それを見た年寄りの政治評論家が「出来損ないのフランス人形」と嘲笑《ちょうしょう》していたことを美和は思い出した。美和の知る限りこれがその政治評論家が発した最初にして最後のまともな発言だった。

二年生の女は、誰に憧れているのか、黒のミニスカートにウエスト部分がやたらと絞られている赤紫っぽいジャケットを羽織っている。体を斜めに向けて挑発的な視線を投げかけそうな雰囲気だ――と思っていたら、そのとおりの目つきをしたのでびっくりした。

一年生の女は、狙っているのかそうでないのかは不明だが、昭和の映画から飛び出してきたような水色のワンピースを着ている。ワンピースにくっついた白いボタンはやけに大きく、おまけに麦わら帽子までかぶっている。この女は蝶々がそこら辺に飛んでいたら呆けたような笑顔を浮かべて小走りで追いかけて行くにちがいない。

美和は喪服を着た。それ以外の選択肢はいっさい頭になかった。細身の身体にはどんな服もよく似合うが、とりわけ喪服との相性がいい。精神的にも喪服を着ていると落ち着く。考えてみればユウちゃんの死以来ずっと喪服で過ごしてきたようなものだ。便宜上制服などを着用していたとしても、心のなかでは常に喪服だけを身にまとっていた。美和は棺のなかで横たわっているユウちゃんの清らかな顔を思い出した。ユウちゃんに暴力を振るい続けた母の再婚相手は顔面だけは殴らなかった。だからユウちゃんの顔はきれいなままだった。もし顔に傷があれば、不審に思った誰かが警察に通報し、ユウちゃんが死ぬまえに義父は警察に捕まっていたかもしれない。些細なことに腹を立て、常軌を逸した状態で殴っているように見えても、義父は冷静に打撃を加える箇所を選択していたのだ。多くのＤＶ加害者がそうするように。本来なら美和が警察に駆け込まなければならなかったのかもしれない。しかし当時の美和にそんな勇気はなかった。ただただ義父に怯えていた。皮肉なことに美和が強くなったのはユウちゃんが死んだあとだ。もっとも今にして思えばユウちゃんが夭折《ようせつ》したのは決して悪いことではなかったのかもしれない。愚か者たちの吹き溜まりのようなこの世界はユウちゃんのいるべき場所ではなかったのだ。ユウちゃんの死は単なる死ではない。それは薄汚く淀んでいるこの世界から純度の高い透明な世界への静かな移動だったのだ。ユウちゃんの美しい外見は透明な世界に移動し、無垢《むく》な魂だけが暫定的にこの世に留まり、ときおり美和に話しかけてくる。ユウちゃんの言葉はいつも的確で、絶対だ。

喪服に身を包んで舞台の袖から檀上に登場してきた美和を見て講堂の客席に座っている愚民たちが少しザワついたけど美和は全然気にしなかった。

司会役の倉持穂乃果が何の工夫もないありきたりな質問をしてきた。

「今日のファッションのポイントは」

「それはとくにありません」と美和は答えた。

「どうしてその格好を選んだんですか」

「一番落ち着くので」

特技の審査でドレスの女はバイオリンを弾《ひ》いた。曲目は、民放のテレビ局が放送している俗物の俗物による俗物のためのドキュメンタリー番組のテーマ曲だ。感情を込め過ぎて髪の毛を振り乱し白目をむいて弾いているのでドレスの女は不気味な妖怪に見える。お化け屋敷が開催されているのはここではなくたしか二年B組だったはずだが。赤紫のジャケットの女はダンスをした。ピコピコと電子音がうるさい音楽をかけて、例の挑発的な視線を保ちつつ、ステップを踏んだり、突然首をカクンと動かしたりしている。簡単にいえば、各地のダンススクールで教えていそうな、日本中で二十万人くらいの若者が踊っている金太郎飴《あめ》的なダンスだ。昭和のワンピースの女はなんとけん玉の腕前を披露した。たしかにそれはなかなか上手かったけれど、よりによってけん玉とは。彼女は出来の悪い脳内メルヘンのなかの住民なのだろう。

美和の特技は似顔絵を描くことだ。ただの似顔絵ではない。醜悪にデフォルメして描く似顔絵だ。美和はこの技法をユウちゃんから学んだ。ユウちゃんはよく義父の顔を描いていた。現実の義父に似せた顔。しかしそれでいてあるパーツを伸ばしたり、縮めたり、折り曲げたり、歪めたり、捩ったりした顔。義父の腐った内面を的確に表現しているような鮮やかな筆さばきだった。もっともユウちゃんはことさら技法を凝らしているわけではなかったのかもしれない。単に見たままを描いていただけなのかもしれない。真の天才とは現実を非現実的に表現する者ではなく、現実が非現実に見えている者のことをいう。そしてその非現実にこそ物事の本質があるのだ。出来上がった絵を見て、美和はユウちゃんと一緒に笑った。それは暴君として家庭内に君臨する義父へのささやかな抵抗だった。一枚の絵で存分に笑い尽くすと、すぐにその絵は燃やした。義父にみつからないように。あるいはユウちゃんの偉大な作品をその場で完璧に凍結させるために。ユウちゃんの足元にも及ばないけれど、美和もその精神は受け継いでいる。美和は持参したスケッチブックにまず渡瀬幹男の絵を描いた。思い切りデフォルメして。千人単位の客席には伝わりにくい特技なので、あらかじめ打ち合わせておいたとおり美和の絵は二十枚ほどコピーがとられて会場に回された。あちこちでクスクスと笑いが起きた。しかし倉持穂乃果は苦虫を嚙み潰したような顔をしていた。打ち合わせではヒトラーとムッソリーニとスターリンのデフォルメ画を描くと伝えていたのだが、美和は本番で勝手に予定を変更したのだ。倉持穂乃果は渡瀬幹男を崇拝している。だから渡瀬幹男を茶化したような絵は倉持穂乃果には耐え難いほど不快だったのだろう。しかしこのイベントの進行を滞らせるわけにはいかないので渋々コピーを会場に回したのだ。美和は即興でひとつのアイディアを思いついた。そうだ、星村しおりの顔を描こう。美和は星村しおりの顔面をチューインガムみたいに伸ばした絵を描いた。その絵も少なからぬ笑いを生んだ。一か月ほど前に、まさにこの講堂で爆発した星村しおりへの嫌悪感。どうやらその残骸はまだそこら辺りを彷徨っているようだ。倉持穂乃果の表情がよりいっそう歪んだ。いっそのことこの女の顔も描いてやろうかと思ったけれど、余計な反感を買ってもしょうがないのでそれはやめておいた。そのあとは会場のリクエストに応えて何枚かの有名人のデフォルメ画を描いた。

三番目の審査項目は歌唱力。最もくだらない項目だ。カラオケセットが壇上に持ちこまれ、「にわかのど自慢」が始まる。それぞれが自分のお気に入りの、あるいは十八番の歌を歌う。ドレス女もジャケット女も、美和が知らないラブソングを歌っていた。むやみに感情を込めて、やたらとハンドアクションをつけて、耳を覆いたくなるような安手のフレーズを吐き出している。「ひとりじゃないよ」という、じゃあ何人なんだと訊き返したくなるようなフレーズ。「君の笑顔で元気になれる」という製薬会社の人間が青ざめそうなフレーズ。さらには「君と出会えた奇跡」というフレーズも登場した。ポップソングの世界では「出会えた」ことはおおむね「奇跡」と見做されるのだ。これだけ気前よく奇跡が頻発するとキリストもモーゼも立つ瀬がないだろう。昭和ワンピースの女も前二者と同じようなラブソングを歌った。その曲もやはり「ありがとう」だの「抱きしめたい」だの「歩いて行くよ」だのポップソングの常套《じようとう》句《く》が馬糞のように垂れ流されるだけの歌だった。

美和は「遍路」を歌った。安っぽい言葉遣いは一切ない、それでいて悲しみと情念が滲《にじ》んでいる名曲。ユウちゃんの一番好きだった曲だ。義父の暴力に怯える暗い毎日のなか、二人で肩を寄せ合って「遍路」を口ずさんだものだ。ある日、美和はどうしてそんなにこの曲が好きなのかとユウちゃんに訊いてみた。暗さを突き詰めるとその先にささやかな光が灯《とも》るような気がする、とユウちゃんは答えた。美和はユウちゃんと口ずさんでいたときと同じように、感情を交えず淡々と「遍路」を歌った。

次に競うのはスピーチ力。いかにも高校の文化祭臭い企画だ。「上手く喋れなくたっていいからさ、みんなの思いのたけを精一杯ぶつけようよ」と倉持穂乃果は言っていた。スピーチをするのは候補者なのだから倉持穂乃果が「〜しようよ」などと言うのはおかしいのだが——「みんなの思いのたけを精一杯ぶつけてね」と言うべきだ——こっちが油断をしているとたちまち一人称複数的な発想で勝手に共同体を作ろうとする倉持穂乃果の悪癖はあいかわらず健在だった。ドレス女は高校一年の夏休みにアメリカにホームステイをした経験をもとに、日本人は国際社会でもっと個性をアピールしていくべきだという無個性な意見を堂々と述べた。ジャケット女は「ダンスとわたし」というテーマで自分語りをしていた。どれだけダンスが好きか、ダンスをしているとどれだけ幸せかをアピールし、将来はダンスを通じて勇気と感動を与えられるようになりたいと主張していた。昨今は勇気と感動を与えたがっている人間がやたらと多いが、もらいたがっている人間はそれほどいないので、需給バランスが完全に崩壊している。昭和ワンピースは、世界では貧困に苦しむ子供たちがたくさんいるけど自分たちにできることはたくさんあって、お小遣いの一部をしかるべき財団に寄付すれば何十人もの飢えた子供たちを救えると訴えていた。世界中の貧しい子供たちへの支援を訴えながら自分は高層マンションの最上階でゴージャスに暮らしている悪質な有名人は数多いそうだが、昭和ワンピースはその種の卑しい有名人の劣化コピーといったところだ。

美和は自作の詩を朗読した。もちろん自作の詩といっても単独で創作したのではない。「A・A同盟」を完成させたときと同様、まずはユウちゃんの声に耳を傾け、示唆と暗示に満ちたメッセージを預り、そのメッセージを美和自身の言葉に直して紙に書き記したものだ。この場に雁首を揃えた間抜けなやつらの脳みそにどれだけ響くかはわからない。おそらく全く響かないだろう。それでもかまわない。美和は愚者たちの低レベルな精神に迎合することなく、高度に抽象的で崇高な詩を書き上げた内容のとおり一言一句違わず声高らかに朗読した。

柊《ひいらぎ》が点在する野原に
落雷が轟く
罵声のような雷の音
焼き尽くされた空間に
死臭だけが残る
道という道を通り

猥雑《わいざつ》な外界に辿りつく
歯車は逆に回り
堕落した小さな円形から脱し
紛うことなき真の姿を見せる
錯覚にあらず
連綿として留まることのない流れ
手の平を被せても隠しきれず
意思の力では歯止めが利かず
縷々《るる》溢れ出てくる不可解な物質を
暗がりに潜む女王が喜ぶ
蠟燭《ろうそく》の光すら
魔性のため息に屈する
紅が混じった
破壊的な量の固体もしくは液体
屈折した仄《ほの》かな重力
裸体同然の道化に
猛獣のようなせせら笑いが襲う

血は流れない
炎が燃え上がり
野に放たれた彷徨い人は
苛烈《かれつ》な恥辱をもたらす

そしていよいよ私服を脱ぎ捨て水着に着替えるときがきた。美和は他の三人のビキニ姿を見て、よくこのコンテストに立候補する気になったなと悪い意味で感心した。ドレス女は豊満な肉体と言えば聞こえはいいが、実際はムチムチと全身に肉がついているなかで行き場を失った余分な脂肪がたまたま胸元付近に集結しているだけだ。白いビキニを身に着けなければならないというルールを知った時点で立候補を断念しようと思わなかったのだろうか。思わなかったからこうしてだぶついたみっともない体を晒《さら》しているのだろうが。ジャケット女は逆に全身が引き締まり過ぎている。勇気と感動を与えるためにトレーニングを積み過ぎたのか、異様なくらいムキムキと筋肉がついている。彼女が表現しているのは鍛え上げられた肉体の美しさではなく、過ぎたるは及ばざるが如しという古くからの教えの妥当性だ。昭和ワンピースは見るも無残な寸胴の幼児体形。彼女の体つきは卒業証書を納める筒を思わせる。もしかしたら昭和ワンピースは恥ずかしいとかみっともないという感覚を持ち合わせる精神年齢にすら達していないのかもしれない。

　美和はあらためて自分の体を誇りに思った。ユウちゃんと同じで肉薄の華奢な、傷ひとつ残っていない体。傷が残っていないのはユウちゃんが守ってくれたからだ。ゲームのプログラマーだった義父は思うように仕事が捗《はかど》らないとイライラの捌け口を求めて暴力をふるった。それでなくても暴力はふるうのだが、仕事が不調のときはなおさらということだ。ピコーン、ピコーンと電子音がうるさいゲームを作っているくせに本人は物音に敏感だった。美和たちが少しでも余計な音を立てて義父の集中力を乱すと、容赦なく拳を振り下ろしてきた。あるときから美和が標的になりそうになるとユウちゃんがより大きな物音を立てるようになった。攻撃の鉾《ほこ》先を美和から逸らすために。ユウちゃんはそのために常時五百円玉を数枚携帯していた。美和が殴られそうになるとそれを床にばら撒くのだ。義父が最も嫌ったのが硬貨がガチャガチャと鳴る音だったからだ。硬貨の音は貧しかった幼年時代を思い出すと義父は言っていた。それを聞いたユウちゃんはますます挑発的に、義父の心に切り込むように硬貨を床にぶちまけるようになった。そうして美和の代わりに義父の暴力を受けてくれた。

　ゴメンね。ユウちゃん。でも見て。ユウちゃんのおかげでわたしの体はきれいなままだよ。

ミス&ミスター錬成館の審査が終了したのは正午前だった。あとは集計された審査結果が発表されるだけだ。

予想どおりミスター錬成館は清野だった。ミス錬成館コンテストと同様五番目の審査項目が水着審査だったので清野は海水パンツをはいたままだった。「まあ、当然でしょ」というような余裕の表情で清野は祝福のノンアルコールシャンパンを飲み干していた。

清野を舞台に残したまま、ミス錬成館コンテストの参加者が舞台上に並ぶ。映画部の部員は熱心にカメラを回し続けている。ドキュメンタリーの傑作を制作している巨匠にでもなったつもりなのだろう。

倉持穂乃果も舞台に上がってきた。集計結果が記載された用紙を携えて。

ミス錬成館などという称号にはなんの意味も価値もない。しかしこのくだらないコンテストの様子が世界中に動画で配信されているのは悪いことではない。十七歳で美しさのピークに達している美和の姿を世界中の人々が脳裏に焼き付けられるのだから。

それは狂気を孕《はら》んだ殺人者の美しさ。

「さて、午前中いっぱいを使って行ってきたこの華やかなイベントももうあと残りわずか。ミス錬成館のグランプリを発表するのみとなりました。栄えある第一回ミス錬成館に輝くのは……」

倉持穂乃果はそう言って手元の用紙に視線を落とした。ひとつひとつの言葉の発し方や動作がいちいち鼻につく。ただもうこの女のことなどどうでもいい。美和はふと講堂の南側の窓に目を向けた。壁の上部の窓からは白い光が差し込んでいる。屋外は秋らしい晴天なのだろう。わんこ蕎麦大会はグラウンドで行われる。和やかな雰囲気は一変、大量の死者が出る。美和はその惨状を見届けたあと失踪する。五日間生きていられるだけのお金は母親の財布からくすねてきた。五日後の十一月七日、ユウちゃんの命日に美和は命を絶つ。できればユウちゃんと同じように頭を激しく強打され脳内出血で死ねればいいのだけどさすがにそれは無理だ。だから手首を切る。美和の体内にはユウちゃんと同じ血が流れている。高貴な血が体内から流れ出るのを眺めながら美和の魂は天国に昇る。誰にも邪魔されてはならないので死に場所はもちろん樹海の奥深くだ。美和の死体は発見されない。数々の美しい映像だけがあとに残る。

（もうすぐ会えるね）とユウちゃんが言った。

会えるよ、と美和は答えた。

「栄えある第一回ミス錬成館に輝くのは……平林美和さんです！」

歓声とどよめきが起こり、いくつか指笛が鳴り、それから万雷の拍手が続いた。ビデオカメラは候補者四人を映す引きの映像から、一気にズームアップして美和ひとりだけを捉えていることだろう。

頭上でくす玉が割れた。写真部の連中が一切にシャッターを切った。彼らもまた一流のカメラマンにでもなったかのように張り切っているのだが、美和の目には鼻息の荒いオタクの集団にしか見えない。しかしそれもまた、どうでもいいことだ。彼らのような集団も含め、ありとあらゆる醜さに満ちたこの世界に滞在するのもあとわずか。五日後にはここから旅立ち、天国のユウちゃんと合流する。

さっきまで票の集計作業のために忙しく電卓を叩いていた栗本がいつの間にかタキシードに着替えていた。そしてノンアルコールシャンパンが注がれたグラスをトレーにのせて恭しく美和に近づいてきた。

「おめでとう」栗本は笑顔で言った。

美和は無表情で「どうも」と言ってやや大きめのグラスを受け取った。

栗本のそばには倉持穂乃果が立っている。口角をぐっと持ち上げて微笑んでいる。本当は美和の立場が羨ましいのにそれを隠して無理に微笑んでいる顔だ。倉持穂乃果も「おめでとう」と言った。「ありがとう」と美和はいちおう答えた。

「さあ、プリンセスらしく、優雅に、そして一気に飲んで」と倉橋穂乃果は促した。言われなくてもそうするわ。美和はグラスを受け取った。

ここにいる愚鈍な人間たちの認識とは異なり、美和にとってこれはグランプリ獲得の儀式ではない。ユウちゃんとの再会を祝するためのシャンパンなのだと美和は思った。

ユウちゃん。わたしやったよ……。思わず一昨日の夜と同じ言葉が口をついて出てきた。美和は一息にノンアルコールシャンパンを飲み干した。

妙な味がした。

32

その週の土曜日、ひさしぶりに兄が実家に帰ってきた。特に予告もなくひょっこりと帰省してきたのだ。久々の対面。なんだか照れ臭い。九歳年上の兄とは生まれてこのかたケンカひとつしたことがない。兄はいつだってぼくのことを気にかけて、可愛がってくれる頼りがいのある庇護《ひご》者だった。勉強も教えてもらったし、くだらない冗談でたっぷりと笑わせてもらった。だから大学を卒業した兄が関西に本社を置く商社に就職して実家を離れたときは本当に寂しく感じたものだ。だからこうやって兄が帰省してきて兄が兄として存在しているのを確認するとふっと心がなごむ。

「おかえり、兄さん」

「おう、ただいま」

「ちょっと太った？」

「かもな。たぶんストレスのせいだ」

「大変だね」

「お前のほうこそ、諸々《もろもろ》どうなんだよ。まああとでゆっくり話すか」

「うん」

兄がボストンバッグを抱えて二階に上がろうとすると台所から母が顔を出した。「もう、帰ってくるならあらかじめ知らせといてよ。たいしたもの作れないわよ」

母は不満げにこぼしつつも嬉しそうだった。兄は大手商社の営業職で鍛えた如才のなさなのか「母さんがふつうに作るものが一番美味いよ」などと調子のいいことを言っていた。

夕食の席は天国的にのどかだった。こみ入った話はせず、ゆっくりと食事を取った。NHKの衛星放送がサッカーの試合を中継している。Jリーグはまさに佳境に入ったところだ。

「あ〜あ。なにモタモタしてんだよ。さっさと打てよ、シュートを」

最近、突如としてサッカーファンになった父が画面に向かって文句を言っている。

「相手をかわしてから打とうとしたんじゃないの」兄はかちゃかちゃとスプーンを動かしながら選手をかばった。にわかサッカーファンの父を面白がっているようだ。

「でも全然かわせてないんだからさ。意味ないだろ。さっきの余計なドリブル」

「そりゃ、まあね」

スローVTRが流れて解説者が「最初のトラップの段階で打ってもおもしろかったかもしれないですね」と言った。父は百万の味方を得たように「ほら、ほら。お父さんの言う通りだったろ」と有頂天の様子。勢いづいた父はゴールキーパーのプレーを論評しはじめる。「うわっ！　さっきのフィード凄かったな。どうしてこのキーパーが代表ではレギュラーじゃないんだ？　監督が馬鹿なのか？」

解説者が「攻撃につながる彼のフィード。素晴らしいですね。世界基準といってもいいんじゃないでしょうか」と言った。

この日の父は神懸かっていて驚くほど解説者と見解を一致させていた。

「おう、ナイストラップ。ああいう風に足元にピタッと収まると見てても気持ちいいよな——と思ったらパスミスかよ。ちょっと褒めてやるとすぐこれだもん」と父。

「トラップまでは見事だったんですけどねえ。そのあとのパスの精度が。非常に惜しいチャンスでしたね」と解説者。

「ほら、ほら」

「お母さん、このカレー、めちゃくちゃ美味しいね」と兄が言った。

食事はサッカーの試合がキックオフされるころに始まり、終了のホイッスルが鳴るころに終わった。昔から戸塚原家では夕食にはたっぷりと時間をかけるのだ。夕食後は、兄、母、ぼく、父の順番で風呂に入った。

風呂から上がったぼくは二階の部屋で兄とお喋りをした。ぼくの髪からも兄の髪からもシャンプーの香りが匂い立っていて、さながら修学旅行の夜といった趣だ。BGM代わりにラジオをつけた。FM放送の音楽番組。女性司会者が曲目を紹介している。

「K《ケッヘル》233……」。モーツァルトの曲が流れてきた。

「それでさ、兄さん。どうなってんの、お義姉さんとの関係は」

兄は就職した半年後に、大学時代から付き合っていた夕子《ゆうこ》さんという同い年の女人と結婚した。夕子さんとの関係が芳しくないということは兄がちょくちょく電話でこぼしていた。兄は夕子さんのことを最初は「立花《たちばな》」と呼び、恋人になると「夕子」と呼ぶようになり、結婚してから少しのあいだは「上さん」、関西地方では奥さんのことを「嫁」と呼ぶ男性が多いと知ってからはそれに倣って「嫁」と呼んでいる。

「でもいずれは立花さんと呼ぶようになるかもな」

「離婚するの？」

「離婚に向けて話し合いを進めている。いや罵り合いというべきかな。おれとしてはとっとと別れてすっきりしたいんだけど、なにせ上司に仲人をしてもらったから簡単に離婚しづらいっていうのもあるんだよ。こんなことだったら仲人はサークルの先輩に頼むんだったな」

「お義姉さんはどう思ってんの。兄さんと別れたがってるの？」

「それがよくわからないんだよ。あるときには『もううんざり、早く別れよう』と言ったかと思ったらべつの瞬間には『あなたが態度を改めれば一からやり直してあげてもいいわよ』なんて前言を撤回するし。わけがわかんねえよ。どうやらおれたちの結婚生活がギクシャクしている全ての原因はおれにあって、今後結婚生活を続けられるかどうかはひとえにおれが態度を改めるかどうかにかかっているらしいぞ。立花さんによれば」

「本当は別れたくないんだろうね」

「う～ん。どうなんだろうな。正直に言って嫁が本当のところ何を考えているか、さっぱりわからないんだよ。あいつ自身もわかってないんじゃないか。そうそう、結婚式のスピーチで、ほら、おれが『結婚は人生の墓場といわれます。とうとう本日私もその墓場に行きついてしまいました。これからはずっと草葉の陰でひっそりと静かに暮らしていく所存です』みたいなこと言っただろ？」

「言ってたね」

「嫁はそのことをずっと根に持っていてさ。『あんな言い方はない。あのひどいスピーチのことは一生忘れない』って鬼気迫る表情で怒りまくるんだよ。あんなスピーチ、ウケ狙いのただの冗談なのにさ。あれ、けっこうウケてたよな」

「うん。ウケてた。ぼくもウケた」

「それをいつまでも根に持たれてもさ。結婚前はもっとさっぱりした性格の女かと思ってたんだけどなあ」

「結婚してから変わっちゃったんだね」

「いや、ちがうな」兄は物憂げに首を振った。「結婚前は本性を隠してたんだよ、きっと。怖いよなあ。女がその気になれば本性を隠すなんて簡単なんだろうなあ。ああ、怖い、怖い。ホラーだよ、ホラー。サイコホラーだ」

「兄さんの話を聞いているとやっぱり結婚は人生の墓場だっていう気がしてくるよ」

「まさに。おまえも気をつけろよ。女なんてどんな裏の顔を持ってるか、わかったもんじゃないんだから」

「了解。警戒を怠らないようにする」

「そういう意味じゃさ、最初からあからさまに裏の顔を見せている女のほうが案外結婚相手としては向いているのかもな……。まあ、おれの愚痴はどうでもいいさ。それよりか、お前のほうはどうなんだよ。平林美和ちゃんだっけ？　その子にはもう話しかけたのか？」

ぼくは首を振った。「話しかけてない」

「なんだよ、ダメだなあ」

「いやそうじゃなくてさ」とぼくは言った。「完全に気持ちが冷めちゃったから」

「それ本気で言ってんのか？　強がってんじゃないのか？　春先以来ずいぶんご執心だったじゃないか」

「たしかに文化祭の前日まではご執心だった――というか文化祭の一日目まではご執心だったんだけど、二日目の例のミスコンでさ、とんでもない事件が起きたんだよ。ミスコンの様子は動画で流されていたみたいなんだけど、兄さんは見なかった？」

「見てない」

「そっか」ぼくはうなずいた。「いや、とにかく兄さん、本当にとんでもない事件が起きたんだよ」


あのミスコンの日、ぼくはうんと早起きをして、ほとんど一番乗りくらいの勢いで講堂の最前列の真ん中の席に陣取った。近頃視力が少し落ちているので、できれば至近距離で平林のビキニ姿を見たいと思ったからだ。ミスコンの開幕を今か今かと待ちわびていると、イベントの段取りを整えるべく大忙しで動き回っていた生徒会長の倉持がぼくに近づいてきて感じよく話しかけてきた。倉持は男子にも女子にも人気があり、とりわけ男子には抜群の人気があるけれど、ぼくとしてはそこまで魅力的でもないだろうというのが正直な印象だった。ところが目の前で満面の笑みをたたえつつ

「良い席キープしたね」と話しかけてきた天真爛漫な雰囲気の彼女を見ていると、なるほどこういうタイプの女の子なら幅広く人気を博すのだろうなと納得できた。それと同時に、でもやっぱり平林には倉持とは全く異なる魅力があり、ぼくはその魅力のほうに惹かれているとも思った。

コンテストの最中は当然、平林にだけ注目していた。平林のパフォーマンスは良くも悪くも異彩を放っていた。着用した私服は喪服だし、特技の審査では不気味な似顔絵を描くし、カラオケ審査では他の連中が最新のヒット曲や定番のラブソングを歌うなかで「遍路」とかいう聴いたことがないような歌を歌うし、スピーチでは意味不明のヘンテコな詩を朗読するし。でもそれらは決して奇を衒《てら》っているようには見えなかった。内的な必然性があってそうしているように見えた。だからますますぼくは平林に惹かれていたのだけど。

最後の水着審査で平林が白いビキニを着用して出てきたときはもちろん目が釘づけになった。実質的にはその瞬間のために最前列の席に座っていたようなものなのだ。かねがねぼくには女の水着姿は海とプール以外の場所で見るべきだという持論がある。海やプールで女の水着を見ても当たり前すぎるし、健康的すぎて全然つまらない。でも学校の講堂のような水泳とは無縁の場所で女が水着になっている光景は素晴らしく卑猥《ひわい》で興奮を禁じ得なかった。ビキニに着替えた平林が舞台に登場したときは思わず

「ブラヴォー」と叫びそうになった。叫ばなくて本当に良かった。

すべての審査が終了し、いよいよグランプリが発表されるときがきた。ミスター錬成館コンテストは清野がグランプリを取った。

それからミス錬成館が発表された。

グランプリは平林だった。

頭上のくす玉が割れた。映画部と写真部の連中が壇上に上がってきた。用意されていたノンアルコールのシャンパンを平林が一気に飲み干した。映画部の部員はその様子を間近で撮影し、写真部の部員はカメラのシャッターを切った。ここまでの段取りは想定どおりに進んだのだろう。しかしこのあとにちょっとしたトラブルが起きた。男女のグランプリのツーショット写真を撮る予定だったらしいのだが、ミス錬成館の（つまり平林の）頭に被せるティアラが紛失していたみたいでなかなか記念撮影が始まらなかったのだ。倉持たちの「ええ、なんで、なんで？」、「ここに置いといたよね！」という大声が聞こえてきた。

今からふり返ると、この段階ですでに平林の様子はおかしかったと思う。顔色は青白くなっていたし、なにやらもぞもぞと体を捩らせていた。いつまで経ってもティアラはみつからず、写真撮影は始まらなかった。すると平林が突然、その場から去ろうとした。そんな平林の腕を清野がぐっとつかみ、「もうちょっと待っていようよ。たぶんもうすぐみつかるから」と言った。清野は決して平林の腕を離そうとしなかった。前代未聞の大事件はこの直後に起きた。緊張していたからなのか、あるいは緊張から解放されたからなのか、もしくは胃腸の調子が悪かったのか、平林はうんこを漏らしたのだ。ビキニから太ももに向かってだらだらと大量に流れ出るくらいの大量のうんこを。

清野はさっとつかんでいた手を離し、「えっ、なに？　お前、うんこ漏らしたの？」と叫んだ。さすがに元野球部だけあって野太い、よく通る声だった。檀上は騒然となった。「ええ、うんこ？」映画部や写真部の連中も啞然《あぜん》としていた。誰かが「なんか臭い、臭いって」と叫んだ。叫んだのはたぶん栗本だったと思う。たしかに臭かった。最前列のぼくのところまでその臭いは漂ってきた。やがて講堂にいた誰もが何が起こったのかを把握した。映画部の部員はカメラを回し続けていたので、このパニック状態は広く世界中に配信されたはずだ。どれだけの人がそれを見るかは別として。

「いやあ、さすがに目の前でうんこを漏らされちゃうとさ」とぼくは兄に言った。「百年の恋も冷めるよね。千年の恋でさえ冷めるかも」

「それはたしかに凄い事件だな」

「あれだけ派手にうんこを漏らした女子高校生は後にも先にも平林だけだろうね」

「それを見てかえって興奮するってことはなかったか?」

「まさか」とぼくは言った。「いくらぼくが変態でも、さすがにスカトロジーの趣味はないよ」

「だよな」

「まあ、あのミス・うん子ちゃんのことはもうどうでもいいんだけどさ、それとは別に兄さんに聞いてもらいたいことがあるんだ」

「何だよ」

「和久井ゼミナールの塩崎先生が病に倒れたってことは言ったよね」

「ああ、電話で聞いた」

「その代わりにさ、新見理佐《にいみりさ》っていう二十七歳の先生がやって来たんだ。教員を目指しているんだけど採用試験になかなか受からなくて、それで仕方なく塾や予備校で古文の講師をしているという女性なんだけど」

「ふ～ん」

「それでさ。その新見先生が――可愛いんだよね。髪の毛がさっぱりと短くて、体つきもほっそりとしていてさ」

「髪の毛が短くてほっそりか」と兄は呟いた。「それって平林って子と同じタイプじゃないか」

「言われてみればそうかも」

「もしかして、お前はショートカットで細身の女だったら誰でもいいんじゃないの」

ぼくはとっさに自分自身の趣味趣向を顧みた。「たしかに。街を歩いていても、ついショートカットで細身の女を探している自分がいるけど」

「まあ男なんてそんなものさ。男のおれが言うのもなんだけど」と兄は言った。

「新見先生ってさ、いつも露出の少ない服を着ていてさ、それがかえって想像力を刺激するんだよね」

「やっぱりおまえはそこそこの変態だな」

「しょうがないよ。兄さんの弟なんだもん」

「そりゃそうだ」

「それに声がまた色っぽいんだよ。テキストの文章を朗読してくれるんだけどさ。先生の艶っぽい声で読まれると源氏物語も伊勢物語もただのエロ本だよ、エロ本。ぼんやりと聞いていると古文の授業を受けているのか深夜のエロ番組を見ているのかわからなくなってくる。あっ、ヤバい。思い出しただけで興奮してきた」

「おいおい、落ち着けよ」

「あ~あ、新見先生と一発やりたいなあ」

「オーケー」兄はポンと手を叩いた。「おれがうまい作戦を考えてやる」

「本当？」

「本当さ。かわいい弟のためにおれの灰色の脳細胞をフル活用してやるよ」

兄は思慮深げに右手を頰にあてた。眉間にはうっすらと皺《しわ》が寄っている。しばらく見ないうちに兄は老賢者のような貫禄を身につけていた。巷の噂によると悪妻は男を哲学者にするそうだが、どうやら兄も立派な哲学者になったようだ。思索に耽《ふけ》る兄の横顔を眺めながらぼくは兄の灰色の脳細胞からしかるべき方策が生み出されるのを待った。

「よし」

七秒ほど考えた兄は小さくうなずいた。

「思いついた？」

「ああ。完璧だ。これできっと上手くいく」兄は自信ありげに微笑んだ。「お前、昆虫の話をしろ」

「昆虫？」

「そうだ。昆虫だ。詳しかったたっけ？　そういうの」

「全然。どっちかというと苦手だけど」

「苦手でもいいんだよ。とにかくにわか仕込みでいいから昆虫についての豆知識を暗記しろ」

「何で昆虫なの？」

「昆虫の話題くらいがちょうどいいのさ。高校生が年上の女性と喋るときはな。サブカルチャーの話なんかするとチャラチャラしたやつだと思われかねないし、そうかといって政治や経済を話題にするのはあまりにもつまんないからな」

「ふ〜ん」

兄は手本を示すようにしみじみとした口調で以下のような台詞を言った。「先生、知ってます？　オニヤンマのオスって最初に心惹かれたメスを一生愛し続けるんですよ……みたいな」

「そうなの」

「なにが？」

「オニヤンマ」

「知らねえよ。あくまでものの喩えさ。要するにこんな感じで昆虫の話をすりゃいいんだよ。そうするとさ、あっ、この子、今どき珍しいくらい純朴な子だな、でも昆虫が好きだなんて、あんまり周りの子とは上手くやっていけないんだろうな、なんか可愛くて健気だな、わたしが何とかしてあげなくちゃ……ってことになるんだよ」

「おお、なるほど」

「そうやって十分に年上女性の母性本能を刺激したあと、さりげなく性的なニュアンスを匂わす」兄はまたしみじみとした口調に戻った。「先生、知ってます？　オニヤンマの発情期って凄く短くて、でもだからこそメスへの求愛行動は凄く激しいんですよ……みたいな」

「ふむ、ふむ」

「そのさりげない仄めかしがガッツリ効いて、母性本能は性的本能に変わる。そしたらあとはもう簡単さ。目と目を合わせる。抱き寄せる。押し倒す。やる」

「なるほど、なるほど」

「という作戦を決行すれば、確実に、やれちゃうから」

「やれちゃいますか」

「やれちゃう、やれちゃう。おめでとう、わが愛しの弟よ」

「ありがとうございます。いやあ、よかった。やっぱり持つべきものは賢い兄貴と元気なチンコだね」

「チンコは元気か？」

「持て余すくらい元気だよ」

兄は右手をメガホン代わりに口元に当て、ぼくの下半身に向かって叫んだ。「元気ですか！」

「元気です」ぼくはぼくのチンコの代理人として答えた。

「元気があれば何でもできる……」兄は有名なプロレスラーの箴言《しんげん》を引用した。「元気があれば年上女性とセックスもできる。迷わず行けよ。行けばわかるさ。行くぞお！　1、2、3、ダァー」

「ダァー」

といった調子でこのあとも兄とのおしゃべりは大いに盛り上がり、結局就寝したのは明け方近くだった。素晴らしい夢をいくつか見たあと昼過ぎに目覚めたぼくは「善は急げ」とばかりに自転車をすっ飛ばして近所の図書館に行き「ファーブル昆虫記」を借りてきた。

33

平林美和へのトラップが見事に成功した記念すべき文化祭から五日が経過した。あの日以来、平林美和は学校には来ていない。来られるわけがない。日曜日の午後、わたしは自宅の部屋で安子と祝杯を上げていた。ノンアルコールのシャンパンではなくコカ・コーラとポテトチップスで。

「長期間の二重スパイ生活、ご苦労さま」わたしは安子の労をねぎらった。

「穂乃果のほうこそさまざまな工作、お疲れさま」と安子も答えた。「それにしてもあんなに上手くいくとはね」

「安子の演技力のおかげよ」

「そうじゃないわ。穂乃果が言っていたとおり、平林美和みたいな自意識過剰な単細胞なんて簡単に騙《だま》せるというだけの話でしょ。何に対して不平があって、何に対してプライドを持っているかが手に取るようにわかるから。あとは適当にそのプライドをくすぐってあげるだけ。平静を装っていながらも内心で大喜びしているのが見え見えの平林美和。本当にわかりやすいわね、あの人」安子は笑ってそう言ったあと平林美和の形態模写をした。「わたしはふつうの人とは違って自分自身の存在さえ三人称的に捉えているの」

「自分自身の存在さえ三人称的に捉える？　それ、どういうこと？」

「どういうことかをわたしも訊いてあげたのよ。物欲しげな顔で説明したそうにしていたから。そしたら『わたしの内部から透明な魂が遊離して、その魂がわたし自身を含めた世界全体を外側から冷徹に観察している感じよ、わかる？』だって。結局わかったのは平林美和が底なしのお馬鹿さんということだけ」

「笑いをこらえるのに苦労したんじゃない？」

「おかげさまでかなり我慢強くなりました」

「義父にレイプされたくだりもやってみて」

「いいわよ」

安子は平林美和の形態模写を続けた。「母親の再婚相手はね、ゲームのプログラミングをするのが仕事の羽振りの良い男だった。でも最初からわたしは好きになれなかったわ。わたしのことを性的な目で見ているのがわかったから。そしてある日、ママが不在の隙を狙ってあいつはわたしに襲いかかってきた。レイプされたの。でもね、そんなことは何でもなかった。やりたければどうぞって感じだったわ。わたしは貞操観念になんかいっさい価値を置いてないもの。貞操観念だけじゃない。わたしはわたし自身の肉体にさえも何の価値も置いていない」

ずっと身近で観察していただけあって安子の形態模写は実に的確に平林美和の特徴をつかんでいる。わたしは笑った。安子の形態模写を。そしてその向こう側にある平林美和の滑稽さを。

安子は言う。「あの人、義父にレイプされたことをとっておきの勲章《くんしょう》みたいに思って悲劇のヒロインを気取っているからその話を何度もしてくるのよね。二回目で飽きたけど」

「勲章なのだから何回でも聞いてあげたほうがいいんじゃない？」

「わたしの忍耐力にも限度がある」

わたしはうなずき「弟のくだりもやってほしいな」とリクエストした。

「やはりそれも欠かせない？」

「欠かせない」

「わかった」

安子は深刻な表情を作る。そして平林美和の口調で言う。「ユウちゃんは天使みたいな子だった。素直で清らかで瞳がきれいで。天国にいるユウちゃんは絶対者。わたしの心のひだに分け入ってわたしに影響を与えられるのは……ユウちゃんだけなの。ユウちゃん、だけなの」

「死んだ人間が喋るわけがないのにね」

「そう。要するにただの自問自答」

「でもしょうがないわよ。弟と脳内会話をしなければならないほどの悲劇を平林美和は味わったのだから」

「そうよね。義父にレイプされるという悲劇を」

「そしてこのたび、平林美和の人生にもうひとつ悲劇が加わった」

「ええ。衆人環視のもとで大便を漏らすという悲劇」

ミス錬成館コンテストでわたしたちはあらかじめ計画していたとおり票数を操作した。というよりそもそも票数など実はきちんと数えていなかった。集計用紙は一瞥《いちべつ》もすることなく廃棄した。講堂の檀上で適当な票数を読み上げて平林美和にグランプリを与えたのだ。平林美和はいい気になって強力な下剤が多量に仕込まれたノンアルコールシャンパンを飲み干した。いや、あれは下剤が仕込まれたノンアルコールのシャンパンではない。むしろ本体が下剤で、ノンアルコールシャンパンは申し訳程度に少量垂らしたにすぎない。香りと炭酸っぽさを加えるために。そして記念撮影だの何だのと下剤が効くまでの時間を稼いだ。下剤が効果を発揮し、便意をもよおした平林美和はトイレに駆け込もうとしたのだが、これまたあらかじめ打ち合わせたとおり清野が平林美和の腕をつかみ身動きを取れなくさせた。そんなわけで平林美和は盛大に大便を漏らしたのだ。水着審査なんて元々どうでもよく、漏らした大便を目立たせるための方便だったということに平林美和は最後まで気づかなかった。

「平林美和は必死になって右手でお尻を隠そうとしていたけど、そんなことをしても隠しきれるわけないわよ。なにしろジェット噴射みたいにすごい勢いで漏らしているのだもの」

「白い水着が茶色くなっているし」

「太ももまで大便が垂れ流れているし」

「第一、ひどく臭かったしね」

「あの人、なんかもう、色んなあだ名で呼ばれているらしいわよ」

うんこ先輩、うんこちゃん、ウン子、その他もろもろ。平林美和には豊富なニックネームがついている。いずれのニックネームもあの女にふさわしいと思う。

「高校生にもなって公然と大便を漏らした女というレッテルを貼られたまま平林美和は生きていかなければならないのね」

「一生、あの恥ずかしさを忘れられないままに」

「そうかといって自殺をしても、大便を漏らして恥ずかしいから死んだというみっともない動機しか残らない」

「生きるも地獄、死ぬのも地獄。いずれにしても地獄なのだからすみやかに命を絶てばいいのに」

わたしは冗談めかして提案する。「平林美和がすみやかに命を絶てるようにアルカロイド系の毒物をプレゼントしてあげればいいじゃない」

安子はさらりとで答える。「それはとうてい不可能ね。アルカロイド系の薬物なんていう非日常的な代物をどうやって手に入れろと言うの？」

安子の実家の工場が倒産して廃工場同然になっているからそこで毒物を拝借できるなどという適当な嘘を平林美和はあっさりと真に受けた。安子から渡された液体入りの瓶を学校まで運び、抜き足差し足で家庭科室に侵入し、心臓の鼓動を高鳴らせながら蕎麦粉に液体を混ぜたにちがいない。安子から渡された瓶詰の液体がアルカロイド系の毒物だと信じ切って。

「あんなのただの水道水なのにね」

「安子のアドバイスに従って軍手とマスクとゴーグルという重装備で慎重に蕎麦粉と水を混ぜ合わせる平林美和」

「ひとりぼっちで」

「稀代の殺人鬼気取りで」

「まるで喜劇のワンシーンみたい」

「想像するだけで笑えるわ」

「宇宙には果てがあるけど平林美和の間抜けさには果てがないのよ」

「そのフレーズ、素敵ね。宇宙には果てがある。しかし平林美和の間抜けさには果てがない」

「お褒めいただき光栄です」安子がおどけて頭を下げた。

わたし、安子、清野、栗本。鉄の結束を誇るわたしたち。それぞれに世間を驚愕《きょうがく》させる計画を秘めつつ何食わぬ顔で日常をやり過ごしている四人組。巷の凡人とは一線を画するファンタスティック・4《フォー》。

わたしの計画はこうだ。すなわち錬成館を卒業したら有名な私立大学に進学し、大学卒業後は在京キー局のアナウンサーになる。入社して二年目にはスポーツ番組の司会に抜擢《ばってき》される。わたしが死ぬのはその翌年だ。女が本当の意味で美しくいられるのは二十五歳まで。それ以降は醜く容貌が衰え老いさらばえていくだけ。そうなる前にわたしはこの世を去る。ときおり「フランスでは年を重ねるほど女としての魅力が増すと考えられているのよ」と何故かフランスの話を持ち出し、その裏で血眼になってアンチエイジングに精を出す見苦しい中年女性を見かけるけれどわたしはそんなみっともない真似《まね》はしない。

わたしが二十五歳になる年にはサッカーのワールドカップがある。当然日本代表のサムライブルー（わたしはこの愛称を聞くたびに失笑する）も本戦出場を決めているだろう。程度の低い日本人がこぞってこのイベントにのめり込むはずだ。試合中継もスポーツニュースも圧倒的な高視聴率を叩き出すにちがいない。そのときわたしがどんな仕事を任されているのかはわからない。現場に行って試合前後の様子をレポートしているかもしれないし、スタジオでスポーツニュースを担当しているかもしれない。いずれにせよ、わたしは生放送中に自殺する。毒を呷《あお》って、鮮やかに。するとどうなるか？　くだらないボール遊びの世界大会などそっちのけで日本中の注目がわたしに集まる。日本中どころか世界中の注目さえ集まるかもしれない。サッカーのワールドカップは内容のくだらなさに比して人気だけは地球規模らしいから。

あの衝撃の自殺を遂げた女性アナウンサーは一体どんな人間だったのだ！

人々の関心はその一点に集中する。自殺の動機は？　彼女の経歴は？　人間関係は？　性格は？　そうなると当然、わたしのブログも人々の耳目に触れることになる。そこに綴られた文章に心の闇を感じさせるものは何もない。何故こんなに明るく積極的で前向きな若い女性があのような凄惨《せいさん》な自殺を遂げてしまったのか？　人々は頭を抱え、混乱し、激しく動揺するだろう。承服しがたい現実の前に慄《おのの》き、身震いし、呆然と立ち尽くすだろう。そうしてわたしは伝説になる。ただ人を殺して有名になろうとした平林美和とわたしとでは、思考力、発想力、感性などすべてにおいて根本的にレベルがちがうのだ。

輝かしい未来に思いを馳せたことによって脳が良い刺激を受けたのか文章のイメージが湧いてきた。

「ねえ、安子。いまからブログを更新するから少し待っていてくれないかしら？」

「いいわよ。例によって星村しおり風の文体で書くの？」

「もちろん。文盲同然の屑が大半を占める世間に向けてわたしの本来の文体を晒す必要はないでしょ。わたしという人間の本質を晒す必要がないのと同じように」

安子はうなずいた。「そういえばいつかの講演会で文芸部の誰かが言っていたわよね。星村しおりは、できもしないのに必死になって生き生きとした若者口調を再現しようとしているって。あれは言い得て妙だったな」

「どれだけ冴えない人間でも一生に一度くらいは鋭い発言をするってことじゃないか

しら」

「なるほど」

「かくしてわたしは星村しおり風の文体でブログを綴る。ときには、できもしないのに必死になって生き生きとした若者口調を再現しようとするような寒々しい文体で。ときには、自分だけが勝手に盛り上がっているような痛々しい文体で」

「そしてときには、うっとりと自己陶酔しているような独りよがりな文体で」と安子がつけ加えた。

「ええ。星村しおり風の文体で星村しおりの遺作について語る。これもまた一興でしょ」

「遺作？　遺作ってどういうこと？」

「あれっ、安子はまだ知らないんだ。星村しおりは死んだよ。自殺だって」

「自殺！」安子は驚きの声を上げた。と同時に可笑しそうに口を開けて笑った。弛んだ口元からコカ・コーラがこぼれ落ちる。「あ～あ、コーラが」

「ここにティッシュペーパーあるわよ」

「ありがとう。まったく、星村しおりときたら。あまり笑わせないでほしいな。穂果のカーペットを汚しちゃったわ。申し訳ない」

「大丈夫、大丈夫。洗濯はうちに棲息《せいそく》している家事専用ロボットにやらせるから」

「家事専用ロボットって母親のこと？」

「そう。ママという呼称をつけているわりと便利なロボット」

「もお。穂乃果のお母さんは穂乃果のためにせっせと家事に励んでいるのだから感謝しないとダメだよ」

「安子こそ、死者を冒涜《ぼうとく》するような言動は慎んだほうがいいわよ。わかってる？」

「反省」安子は口元を弛めたまま言った。「穂乃果の言うとおりだわ。全ての死者は等しく悼まれるべきだよね。たとえそれが星村しおりであったとしても」

「それからもうひとつ忠告していい？」

「どうぞ」

「安子も新聞くらいは読むべき。大半はつまらない記事ばかりだけど、ごく稀にはこんな愉快なニュースだって載るのだから」

安子は真顔でうなずいた。「たしかに。星村しおりが自殺するなんて。昨今の殺伐とした世相のなかで数少ない心温まるニュースです」

わたしたちは目を合わせて笑った。これほど心が弾む日は珍しい。これほど笑顔が絶えない日も珍しい。心浮き立つ笑顔に満ち溢れた平和で幸福な日曜日。

わたしはパソコンの電源を入れ、鼻歌を歌いながらブログを更新した。

※

みなさん、こんにちは。倉持です。

わたくし倉持はかつてないほどの哀しみのなかでこのブログを綴っています。みなさんもご存知のとおり、先日星村しおり先生が亡くなられました。仕事部屋にしていた西麻布のマンションから転落したのです。報道によると自ら命を絶たれたということのようです。あれだけ命の大切さに敏感で、作品のなかでも人の命を大切に扱われていた星村先生が自殺だなんて。にわかには信じられませんでした。せめて事故だと思いたい。お仕事の最中に気分転換のためにベランダに出て、過って転落したのだと思いたい。でも自筆の遺書が残されているそうなので自死なのは間違いないようです。星村先生がどうして自ら命を絶ってしまったのか。何に悩んでいたのか。とうてい倉持の思いの及ぶところではありません。星村先生のような一流の作家の先生には凡人ではとうてい計り知れないくらいの創作の苦しみがあったのかも。いつも笑顔を絶やさない太陽のような先生だったけれど、その一方で人一倍周りの人に気を使う繊細な方だったから。ちょっと疲れて魔が差しちゃったのかも。星村先生のために倉持なんかができることは何もないと頭ではわかっているのに、やっぱり何もできない自分がとっても悲しくて、悔しくて、情けなくて……。星村先生、まだ三十歳の若さだったのに。これからも星村先生の作品をいっぱい、いっぱい、いっぱい、いっぱい、いっぱい、いっぱい読みたかったのに。

でもいつまでも涙にくれていてもしょうがありません。残された倉持に出来ることはただ生きること。どんなに辛いことがあっても歯を食いしばって生き抜くこと。星村先生の分も……。

倉持なんかが書いた拙い文章が追悼になるかどうかはわかりません。それでも――。それでも星村先生からたくさんの勇気と元気と感動を頂いた恩返しとして涙をこらえて先生の作品を紹介したいと思います。結果として遺作になってしまった『午前0時のストロベリーロード』。

「午前0時のストロベリーロード」の主人公は恋愛ドラマの名手と評価されている二十九歳の脚本家・新城《しんじょう》アカネさん。アカネさんはクラシック音楽を題材にした新作を執筆するため音楽大学へ取材に訪れ、ピアノ学科の新入生・常盤智《ときわさとし》くんに出会います。まだどこかあどけなさを残した智くんは、知的で繊細なアカネさんの魅力に惹かれ、彼女に夢中になります。最初は智くんのことを人懐こい弟分くらいにしか思っていなかったアカネさん。でも智くんの熱烈なアプローチにより次第に彼を異性として意識しはじめます。そしてクリスマスイブの夜、取材者と取材対象者という一線を越え、ついに二人は結ばれる。永遠の愛を誓うアカネさんと智くん。ところがその翌日、中学の時から一途にアカネさんを想い続け、現在ではヨーロッパで一流ダンサーとして活躍している西園寺《さいおんじ》翔平《しょうへい》さんが六年ぶりに日本に帰国しアカネさんの前に姿を見せます。久しぶりの邂逅《かいこう》。アカネさんは懐かしい気持ちでいっぱいになりますが、翔平さんから長年秘めていた好意を示されると戸惑ってしまいます。何故なら翔平さんがそれほどまでにアカネさんに思いを寄せていたことをアカネさんは全然知らなかったうえ、アカネさんはすでに智くんと深く愛し合うようになっていたからです。アカネさんは翔平さんに「あなたとは友だち以上の関係になれない」と告げるのですが、それでも翔平さんは情熱的にアカネさんに愛を伝えつづけます。翔平さんの情熱だけならアカネさんの気持ちは揺れなかったかもしれません。ところが翔平さんはダンサーとして難しい時期を迎えていてある種のスランプ状態に陥っていました。側で支えてあげる人が必要な状態だったんですね。深い思いやりを持つアカネさんは翔平さんに同情し、翔平さんの苦しみに寄り添うようになります。そしていつしか同情が愛情に変化していく。「智とは別れ、脚本家としてのキャリアも捨てて、翔平を支えてあげたい」。そう思うようになるんです。一方、アカネさんの気持ちの変化に気づいた智くんも迷い悩みます。ぼくはアカネさんを愛している。でもぼくの愛情でアカネさんを縛りつけることがアカネさんの幸せにつながるのだろうか、と。悩みに悩んだ末、ついに智くんはきっぱりとアカネさんのことを諦め、アカネさんの背中を押してあげようと決意します。鮮やかに新緑が萌《も》え、街の空気に微かに初夏の匂いが混じるある日、智くんはアカネさんとの思い出の場所である表参道のカフェにアカネさんを呼び出し自分の決意を告げます。「でも別れる前に二つだけぼくの願いを聞いてほしい」と頼んで。翌日の夜、アカネさんは自由ヶ丘の智くんのマンションを訪れます。防音装置付きのそのマンションで智くんはアカネさんのために「別れの曲」を演奏するのです。最後に自分の演奏を聴いてほしいというのが智くんの一つ目の願いでした。智くんが奏でるピアノの音色によってアカネさんの気持ちがぐらつきます。もう一度智くんとやり直したい。ほんの一瞬、そんなためらいが生じるのです。でも智くんは優しく首を振り、穏やかな目でアカネさんを促します。智くんの二つ目の願い。それはこの演奏を最後に自分のことはきっぱりと忘れて翔平さんと幸せになってほしいということでした。アカネさんは小さくうなずき、智くんに背中を向けると、そのあとは一度もふり返ることなくマンションを出て、辿り着くべき場所へと歩いていく――。

星村先生らしい胸が締めつけられるようなラストシーンです。倉持はいつものように号泣し、ページの上で滲んでいる文字を必死で追いかけ、万感の思いで最後の一文字を読み切り、それから静かに本を閉じました。星村先生は最後まで倉持が大好きな星村先生のままでした。最後の最後まで倉持たちのために身を削って心揺さぶられる物語を紡いでくださって……。

　倉持は大好きな作品とは真っすぐに向き合いたいと思ってきました。余計な雑音に惑わされず真っすぐに、と。もちろん星村先生の作品もそんな気持ちで読んできました。誰がなんと言おうと倉持は星村先生の作品が大好きなのだ、と。

　ただ正直に告白すると、聞かなくてもいいような言葉が耳に入ってきたり、見なくてもいいような文章が目に飛び込んできたりして困惑することもしばしばあります。揚げ足を取ることだけを喜びにしている性格の歪んだひと。文学の普遍性を理解できない心の貧しいひと。優れた芸術作品が発する奥深いメッセージを受け取ろうとせず、読書を自己アピールの手段としてしか捉えられない視野の狭いひと。そういう可哀想《かわいそう》なひとたちが少なからず存在していて、そのひとたちが「あんな通俗恋愛小説なんて読んでもしょうがない」とか「ソープオペラと呼ばれるテレビドラマよりもさらに数段ひどい」とか「何の捻りもないワンパターンのラブストーリーを恥ずかしげもなく量産している」とか「自分自身を投影させたヒロインを複数の男性から好意を寄せられる美女に設定して、異性に相手にされなかった青春時代の憂さを晴らしている」とか「膨らみに欠ける内容と反比例するように自己愛だけは肥大化している」とか「ナルシスト臭がきつすぎて消臭剤なしには読めない」とかありとあらゆる暴言で星村先生の作品を不当に貶めているのは否定しがたい現実です。星村先生の自殺はじつは自殺ではなく、下品で卑劣で無神経な匿名の声に殺されたのだという気さえします。そして無神経な声の主たちは星村先生の死になんの痛みも感じず、のうのうと日常生活を送っているにちがいないのです。そう考えるとやりきれなさで倉持の胸は張り裂けそうになります。

だけど——。だけど無神経なことを平気で口にできるのは——決して少なくないとはいえ——やっぱりごく一部の人間です。良質な物語を求める本物の読者、普遍的な物語の素晴らしさを素直に認めることができる真の意味で聡明な読者は、星村先生の作品と深い部分で共鳴できます。多くの読者の熱烈な支持を受けてきたというシンプルな事実が星村文学の圧倒的な偉大さを示しています。

星村先生が亡くなられてもう先生の新作を読むことは叶《かな》わなくなり、倉持同様悲嘆にくれている方がたくさんいらっしゃるはずです。でも先生の遺作を読み終えた倉持はいまあらためて思うのです。星村先生が亡くなられても先生の作品は残る、目の前でこうして星村先生の作品がわたしたちに寄り添ってくれている、と。星村先生の作品は再読するたびに新しい発見があり、読めば読むほどその魅力が増していきます。たとえ幽明境を異にしても、星村先生の作品をくりかえし読めば先生の息づかいを感じられる。星村先生の語る声に耳を傾ければ先生の魂と交流できる。先生は亡くなられてしまったけれどわたしたちは何もかも失ったわけじゃない。この辛く哀しい状況のなかでも星村先生が残してくださった名作の数々がわたしの未来を温かく照らしてくれる。倉持はそんな風に感じているのです。

星村先生、聞こえますか？　倉持は堂々と胸を張って先生の作品を読み続けます。きっと、これからも。ずっと、ずっと。

刊行にあたり、第十四回『このミステリーがすごい！』大賞最終候補作品「病の終わり、もしくは続き」を改題し、加筆修正しました。

この物語はフィクションです。作中に同一の名称があった場合でも、実在する人物、団体等とは一切関係ありません。

〈解説〉
悪意の渦巻く学園で演じられる虚々実々のダークサスペンス

福井健太（書評家）

二〇〇二年に創設された『このミステリーがすごい！』大賞は、多くの人気作家やベストセラーを生み出してきた。東山彰良は大藪春彦賞と直木賞、柚月裕子は大藪春彦賞と日本推理作家協会賞を受賞し、海堂尊の〈田口・白鳥〉シリーズは累計一千万部を突破している。確かな実績を重ねることで、有力な新人賞の一つに定着したことは疑いようもない。

同賞の大きな特徴としては、受賞作以外の「隠し玉」の存在が挙げられる。上甲宣之『そのケータイはXXで』（第一回）を皮切りに、森川楓子『林檎と蛇のゲーム』（第六回）、高橋由太『もののけ本所深川事件帖オサキ江戸へ』、七尾与史『死亡フラグが立ちました！』（第八回）、岡崎琢磨『珈琲店タレーランの事件簿　また会えたなら、あなたの淹れた珈琲を』、矢樹純『Sのための覚え書き　かごめ荘連続殺人事件』、堀内公太郎『公開処刑人　森のくまさん』、篠原昌裕『保健室の先生は迷探偵!?』（第十回）、柊サナカ『婚活島戦記』、あいま祐樹『残留思念捜査　オレ様先生と女子高生・莉音の事件ファイル』（第十一回）、越谷友華『二万パーセントのアリバイ』、影山匙『泥棒だって謎を解く』（第十二回）、山本巧次『大江

戸科学捜査　八丁堀のおゆう』、加藤鉄児『殺し屋たちの町長選』（第十三回）が「隠し玉」として刊行されてきた。特別枠が第六回に復活し、第十回以降に急増したわけだ。上甲宣之はゲーム色の強いサスペンス、高橋由太は多くの時代小説シリーズを著している。七尾与史は二十冊以上のミステリを手掛け、岡崎琢磨の〈珈琲店タレーランの事件簿〉シリーズは累計一六〇万部を超えた。この枠の存在感は着実に増しているのだ。

第十四回『このミステリーがすごい！』大賞には四一四点の応募があり、一色さゆり『神の値段』と城山真一『ブラック・ヴィーナス　投資の女神』（『ザ・ブラック・ヴィーナス』を改題）が大賞に輝いた。前者は謎《なぞ》めいた芸術家と接点を持つ唯一の女性が殺される美術ミステリ、後者は株取引の天才〝黒女神〟をめぐる経済サスペンスだ。優秀賞の大津光央（「大津ミツオ」を改名）『たまらなくグッドバイ』は、八百長疑惑で自殺した往年の名投手の真実を探るストーリー。「隠し玉」には枝松蛍『何様ですか？』（楓蛍『病の終わり、もしくは続き』を改名・改題）と才羽楽『カササギの計略』が選ばれた。前者に加筆修正を施したものが本書である。

周囲の学生たちを軽蔑《けいべつ》する女子高生・平林美和は、アクティヴな学級委員の倉持穂乃果を嫌いながらも、倉持やその友人・遠藤安子と交流していた。やがて遠藤は倉持から離れ、平林に崇拝していると告げる。義父に性的暴行を受け、弟を殺された過去を持つ平林は、神格化した空想上の弟と対話し、大量殺人計画〝ファイナルプラン〟を進めていく。いっぽう同級生男子は平林への接近を図り、倉持は身辺雑記のブログを更新していた。

本作は三つの視点――平林の独白、男子が兄に宛てた手紙、倉持のブログで構成されている。平林のパートは辛辣《しんらつ》な思考と言動に満ちており、とりわけ小説家・星村しおりの扱いは凄《すさ》まじい。しかし人間の悪意は一様ではなく、あらゆる角度に増殖し、際限なく深化しうるものだ。その相克《そうこく》を通じてより強い悪意を描くドス黒い物語なのである。イメージを摑《つか》むための参考として、最終審査の講評からコメントを拾ってみよう。

大森望「女子高生が大量殺人計画を練る話。辻村深月《つじむらみづき》『オーダーメイド殺人クラブ』のあからさますぎる本歌取り……だが、最後にあまりにも強烈な卓袱台《ちゃぶだい》返しが待ち受ける。この小説の最後にこれを持ってくる勇気は評価したいが、これまた黄金パターン（非常に有名な先例がある）の変奏なので、すごい衝撃があるかというとそうでもなく、むしろ脱力しました」

香山二三郎「事前に問題作ありとの情報を受けていたが、ニヒリストでアブない計画を温めている女子高生の独白と並行して、彼女と同じクラスの明朗美少女のそれが綴《つづ》られていくというのは、学園ノワールとしてはもはやありがちな展開。ただ、明朗美少女がブログで綴る実在作品を対象にした書評が面白く、これなら推せるかと思ったところでキャリーもびっくりの衝撃の結末が待ち受けていた」

茶木則雄「実在の書物の感想文や散漫な構成など、後者の問題点を挙げていけば切りがない。しかし、斜に構えたシニカルな筆致は出色。ラストの衝撃も傑出している。この才能は捨て置くに惜しい」

吉野仁「最近流行の『ざまあ系』といえる学園もので、もし『隠し玉』として刊行されればそれなりにヒットするかもしれない。だが、このままではワンアイデアを水増ししたり引き伸ばしたりした感じが強い。物語とは直接関係のない部分の記述が長すぎるのだ。ドラマを描くための筆力を鍛えてほしい」

大森が言及している『オーダーメイド殺人クラブ』は、世界を憎む女子中学生が「選ばれた存在」になるために殺人を目論《もくろ》む青春小説。直木賞と山本周五郎賞の候補になった著者の代表作である。「先例」はスティーヴン・キング原作のホラー映画『キャリー』のある場面のことだろう。ちなみに本書では「実在作品を対象にした書評」は削られている。香山は「早い段階から隠し玉でという声が上がった」、茶木は「隠し玉に推挙され、心からほっとしている」とも記しており、隠し玉向きという認識は共有されていたようだ。

古くはジャック・ケッチャムから、近年では沼田《ぬまた》まほかる、真梨《まり》幸子《ゆきこ》、湊《みなと》かなえなどに代表される嫌なミステリは、明確なベクトルを持つジャンルとして読者層を獲得した。文春文庫のアンソロジー『厭な物語』『もっと厭な物語』の上梓《じょうし》も記憶に新しい。本作がその系譜に属することは明らかだ。ただし良くも悪くも容赦がないので、自称辛党が根を上げる可能性は否めない。著者が覆面作家の立場を採ったのは、作中人物（の主張）に同一視されるリスクを避けたから——と疑いたくなるほどに、本作には大量の害意が練り込まれている。

苦手な人にはお薦《すす》めしないが、二次選考委員の村上貴史が「一発ネタだが強烈。これ以外ないという一撃である。眉をひそめる方もいるかも知れないが、ターゲットに逃げ場を与えない手段として、これ以外にどんな選択肢があったというのだ。完璧に説得されてしまった。ちなみに結末に至るまでの流れも鮮やかであり、最終選考に全力で推す」と評したように、センスが合う読者にとって、本作がインパクトの強い逸品であることは間違いない。行儀の良さを捨てた野心作に接することは、いわば一種のギャンブルでもある。相性を強く問うからこそ、大当たりの可能性を秘めた一冊なのである。

二〇一六年六月

宝島社
文庫

何様ですか？
（なにさまですか？）

2016年7月20日　第1刷発行

著　者　枝松 蛍
発行人　蓮見清一
発行所　株式会社 宝島社
〒102-8388　東京都千代田区一番町25番地
電話：営業 03(3234)4621／編集 03(3239)0599
http://tkj.jp
振替：00170-1-170829（株）宝島社
印刷・製本　中央精版印刷株式会社

ISBN 978-4-8002-5749-9

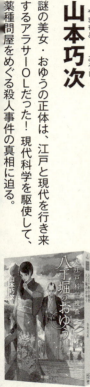

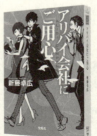